異世界で幼女化したので
養女になったり
書記官になったりします

登場人物紹介
水瀬玲奈《みなせれいな》
レンの本来の姿。
もふもふ大好きな
20歳の女子大生。
ヴェイン
「紅《あか》の若獅子」と名高い、
近衛騎士団の部隊長。
目つきは悪いが、王宮内で
ファンクラブができる
ほどの美形。
レン
異世界トリップしたら、
なぜか幼女化していた元大学生。
フェスティーユ子爵の養女に
なったことをきっかけに、
男装して「レン」と名乗り、
国の重職・書記官を目指す。
ティル＆ミーナ
精霊。小鳥と猫の姿で
玲奈を守護している。

マリー
書記部副長。
冷たそうな外見とは裏腹に、
部下思いの熱い一面も。
ジェレミー
書記部の新人仲間。
いつも陽気な
ムードメーカー。
イサーク
フェスティーユ子爵の長男で、
玲奈の義兄。どうやら玲奈を
警戒しているようで……？
アルベルト
フェスティーユ子爵。
行く当てのない玲奈を
拾ってくれた、
豪快な貴族。

第1章　始まりの日

炎天下の中、熱いアスファルトの道を、私は歩いていた。

首筋をつうっと、汗が流れていく。全身に汗をかき始めたことを自覚した私は、慌てて腕に抱えた紙封筒をしっかりと手に持ち直した。自分の汗でレポートを汚してしまったら、教授になんと言われることか。

道行く人たち――とりわけ女性陣はみんな、大きな日傘を傾《かたむ》けている。日焼けはお肌の天敵というわけだ。半袖ブラウスに膝丈のスカートという出で立ちの私は、紫外線をもろに食らっていたが、仕方ない。焦って家を出たので、日傘を持ち出す余裕もなかったのだ。

私――大学三年生である水瀬玲奈《みなせれいな》は、大学への道を急いでいた。

手にした紙封筒はそれほど大きくも重くもないのに、ずっしりとした存在感を私にひしひしと与えている。分かってますよ。レポートを提出期限ギリギリに出そうとする私が悪いんですってば。

選択科目の中でも一番楽そうなやつを選んで、しかもそれが試験なしのレポート提出だけで単位をもらえるんだから、よきことかな、と思っていた。授業態度もまあまあだし、隣の席でいつも隠れて乙女ゲームをしていた友だちよりは、しっかりした性格だと思う。

ただ、計画性がないだけだ。

目の前で信号が青から赤に変わる。私は苛立《いらだ》ちながらもきちんと足を止めた。直後、背後からやってきたロードバイクのお兄さんが颯爽《さっそう》と赤信号の歩道を渡っていく。馬鹿め。発進しようとした車にクラクションを鳴らされおって。

じりじりと照りつける太陽はもうそろそろ南中から外れつつあったけど、それでもまだ日は高い。日が高いから、影が短く日陰も少ない。街路樹の下に作られた黒々としたわずかなスペースには、押しくらまんじゅう並みに信号待ちの人々が殺到していた。見ているだけで、逆に暑苦しい。

ぱっぽー、ぱっぽー、と信号機が暢気《のんき》な音を立てる。真夏の市街地は、アスファルトから熱気が噴き出しているかのように蒸し暑く、目の先にある信号機が蜃気楼《しんきろう》のようにゆらゆら歪《ゆが》んで見えた。

ここの信号は赤になるとなかなか変わらないことで有名だ。やっと変わったと思っても、十秒かそこらであっという間に赤色に戻るため、私の大学では「学生キラー」のあだ名で呼ばれている。この信号機のご機嫌を損ねたために講義に遅刻する者が、後を絶たないのだとか。

それにしても、やっぱり暑い。信号も、まだ変わらない。

私は辺りに目を向けた。ほとんどの木陰には人が密集しているため、近寄るのさえ億劫《おっくう》だ。横断歩道から数歩後退することになるが、空いている影があった。木の角度によるものだろうか、珍しいほど真ん丸な影だ。さほど大きくないけれど、私一人くらいなら余裕で入れるだろう。

私は黒々としたそこに一歩、足を踏み入れる。

「……え？」

ぐいっと、体が重力に従って下方に移動する。影に踏み入れたはずの私のパンプスの裏は、固いアスファルトを踏みしめることはなかった。すかっと足が空を切り、そのまま前のめりに倒れ込む。

「あ、え、ちょ……！」

反射的に前方に手を突っ張った拍子に、持っていた紙封筒が落っこちた。勢いで吹っ飛んだそれは、街路樹の脇に放り出されてしまったようだ。

でも、そちらに目をやるゆとりはない。

私の足元には、マンホール大の大穴が空いていた。人一人をすっぽり呑み込んでしまいそうな、黒々とした穴。

蓋《ふた》の外れたマンホールに落ちるっていうのは、まさにこんな感覚なんだろうか。

私はろくな悲鳴を上げることもできず、真っ暗な闇の中へと落ちていく。

「だ、だれか……！」

闇の中に呑み込まれる。手を伸ばしても、ただでさえ小さな外界の光は、あっという間に遠のいていった。

何も見えない、何も分からない状態になっても、不思議なことに、信号機の立てるぱっぽー、ぱっぽー、という音はいつまでも私の耳に響いていた。

＊＊＊

マンホールに落ちたら、そこは緑の森でした。

いや、まさにそんな感じだった。さすがに落ちた直後は死を覚悟したんだけれど、ここは黄泉《よみ》の国でも、これからお迎えが来るって雰囲気でもなさそうだった。

あの後、いつの間にか正座みたいな体勢になってゆっくりと下降運動を続けていた私は、そのまま緑色の芝生の上に着地した。別に、某有名アニメの少女のように空から降ってきたわけじゃない。真っ暗な霧が晴れたと思ったらそこは、人の手が加わってなさそうな大自然のど真ん中だったたってことよ。

で、私は口をぽかんと開けたまま、草地の上に正座をしていた。

両手を膝の上に乗せた状態で、周囲をぐるっと見回す。そこは、三百六十度見渡す限りの森林で、私はちょうど木々がぽっかりと開《ひら》けた空き地のような場所に座り込んでいた。

足元の草は柔らかくて、新鮮な緑の香りがする。子どもの頃に遠足で行った運動公園も、こんな匂いがしたっけ。

頭上を見上げると、絵の具の原色のような真っ青な空が広がっている。よく晴れた空だけれど、さっきみたいな真夏の空ではない。木々の間を吹き抜ける風は気持ちよくって、日差しも心地よい。

私は、ゆっくり立ち上がった。いつの間にか、パンプスは脱げてなくなっていた。素足のまま地面に棒立ちになった私は、乙女ゲームにいそしむ大学の友人・真理恵《まりえ》のことを思い出した。

真理恵が大好きな乙女ゲームにはいくつか、こんな感じの森のシーンやスチルがあったと思う。イケメンの王子様やら騎士やら執事やらがゲーム画面の中央にドカンと現れて、主人公とのラブストーリーが進んでいく。私はゲームは専《もっぱ》らRPG派だったから、森で出てくるのがモンスターじゃなくってイケメンだってことに激しく違和感を抱いたものだ。

とりあえず、私はゆっくりと右手を持ち上げて右の頬を抓《つね》ってみた。うん、普通に痛い。じゃあ、現実なんだね、これ。

……いやいや、この状況をあっさり受け入れちゃダメだよね。

まあとにかく、言わせてください。

「……っざけんなーぁ！」

私の渾身《こんしん》の絶叫は、晴れ晴れとした空の中へ消えていった。


さて、これからどうすべきなんだろうか。

私は草地にぺたんと座り込んだまま、途方に暮れていた。頬を抓って痛いということは、夢を見ているわけじゃないってこと。現にそろそろ、お腹空いてきたよ、私。

くうう、と情けない音を立てる腹部を撫でて――ん？

私ははっとして、自分の胸部に手の平を押し当てた。薄いブラウス越しに、ごわごわした布の感触がある。この歳にしては残念なサイズの胸を覆《おお》う下着だ。

いやいや、今はそんなところでへこんでいる場合じゃないし。

私は周りに誰もいないのを確認して、そっとブラウスのボタンを上ふたつほど外し、隙間から覗《のぞ》き込んだ。

そこにあったのは、洗濯板も真っ青の見事な絶壁を描く胸部と、サイズが合っていないどころかガポガポに浮いてしまっている下着。

え、なに、これ。どういうこと？　私、ついに胸が縮んじゃったのですか？

でも、おかしいのは胸だけじゃないことに気づいた。両手の平を目の高さに持ち上げてみる。……うん、妙だ。私の手はもっと大きくて、もっと節っぽかったはずだ。こんなにつやつや潤《うるお》ってもいない。

あと、今着ている服が妙に大きい。実はさっき立ち上がった時からそうだったけれど、スカートがずるりとずれてお尻の一番厚みがあるところに引っかかっている状態だった。これ、ウエストでホックを留めるタイプなんですけど。

それから、なんで私はこんなに髪が短いんですか。頭の後ろでお団子にできるくらい伸ばしていたはずなんですけど、誰が切ったんですか。

いきなり自分の身に起こった変化に、私はついていけずにいた。なんとなく、考えたら結果が見えてきそうなんだけれど、それを認めるのが怖かったのだ。

――私、ひょっとして体が縮んでます？

某探偵漫画の主人公じゃあるまいし、まさかねー、まさかねー……

あはは、と放心状態だった私だが、ぼうっとしすぎて周りの気配を察せられないほどのお馬鹿じゃない。

——ぞわっと首の後ろが冷たくなるような感覚。

私は弾《はじ》かれたように体を翻《ひるがえ》し、ささっとボタンを留め直した。いつの間にか、抜けるような青色だった空は濃紺《のうこん》に変わっていた。日が落ちるの早すぎでしょ？

薄暗い森の奥から、がさがさと葉っぱが擦れる音だけが妙に大きく耳に届いた。残念なことに、肩から提げていたはずのカバンは見あたらない。おかげでスマホで周囲を照らすこともできなかった。落下中にどっかに落としたか。くっ、最新型だったのに。

でも、灯りなんて必要なかった。というのも、あっちの方からご丁寧にやって来たんだ。

ふわふわとした光の玉。まずはそんな印象だった。広葉樹の幹の隙間から、ふわりふわりと飛んでくる光の玉が、ふたつ。うわぁ、なんだか人魂《ひとだま》みたいなんですけど。

ふたつの玉は、私の手前で止まった。地上一メートルほどの所で空中待機するそれらは、バスケットボールくらいの大きさだった。よくよく見ると、ふたつは少しだけ色が違った。私から見て左側は赤というかオレンジ色っぽくて、右側は青みがかった炎の色をしていた。確か、赤と青では青い炎の方が熱いんだっけ？　さすがにコレを触って確かめてみる勇気はないけど。

光の玉は、しばらくその場で静止している。私もどうしていいか分からず、そのままの体勢でいた。しばらくの間、私たちのお見合いが続く。

そうしていると徐々に、ふたつがそれぞれ動き出した。赤っぽい方は草地の上に降りて、青っぽい方は上昇運動を開始して、私の頭上まで舞い上がる。

そして、変化した。

まず、足元の赤っぽい方。こっちはキラキラ輝きながら長細く形を変えて、贈答用のハムの塊《かたまり》みたいになった。そこから手足みたいなのがにょきにょきと伸びて、三角形の耳まで生えてしまって——

「……猫？」

思わず声を出すと、驚いたことにそいつは、にゃあ、と答えた。

光の形が整い、小さな粒子状の光が霧散する。と、そこにいたのは予想通りと言うべきでしょうか、三角形の耳とすんなりとした四肢、そしてぴんと立った尻尾を持つ、見事なトラ模様の子猫だった。

私が息を呑んでいる間に、もう片方も変化を起こしていた。頭上に浮いたそれは、トラ猫と違ってまず、一対の大きな平べったい何かを生やした。そこからまたうにょうにょと形を変え、五秒の後には、見事な長い尾を持った小鳥の姿に変化を遂げた。

なんと、光の玉が猫と鳥に姿を変えました——！

……いや、何なの、これ？

というか、こやつらをどうすべき？　トラ猫ちゃんなんか、既《すで》にくつろいで私の膝で丸くなっているんですけど。鳥さんだって、私の頭に着陸してまったりくつろいでますけど？

そりゃあ、モフモフ二匹に囲まれて幸せですとも。モフモフ大好き。

でも、本当にこの状態からどうしろと言うんだろうか？

空は、もう夜と言っていいくらいに暗く染まっていた。ここらには街灯なんてものはなく、月も出ていない。この謎のトラ猫も鳥も、もう光っていないし。

……やれやれ、本当に何が何だか。

相変わらず二匹は、私の体の周りでくつろいでいる。いや、可愛いんだよ。可愛いけど、そろそろどいてほしい。

猫ちゃん、鳥さん、と呼ぼうとしたけれど、ふと思いついたことがあって一旦口を閉ざす。

私はペットを飼ったことがないけど、一度は飼ってみたいと思っていた。せっかくだし、名前で呼んでみたらどうだろうか？　呼んでみても、反応しなければしないで構わないし。

「……ミーナ、そろそろ膝から降りてよ」

私はまず、トラ猫に呼びかけた。近所で飼われていたトラ猫と同じ名前だ。私が愛想良く近づいても、いつもメンチを切ってくる、なかなか気丈な猫だった。

それから、頭の上に乗っかる鳥にも。

「ティル、さすがに重いから降りて。肩の上ならいいから」

ひよこのようなメジロのような丸っこい鳥にも、そう呼びかける。これは、何かの漫画で見た名前だ。

反応してくれたらおもしろいなぁ、くらいの気持ちで名前を付けてあげたんだけど、事態は思ってもいなかった方向に動いた。

勝手に付けた名前を呼んだとたん、後ろ足でカリカリと耳の後ろを掻いていた猫が顔を上げ、頭上でくつろいでいた鳥がバサッと音を立てて翼を広げたのだ。

直後——

「……うおっ⁉」

夜の色に染まっていた森林に光が満ちた。光の洪水、といったところだろうか。光源は言うまでもない、私の膝と頭にいる二匹の謎生物たちだ。何百ワットなんですかってくらい眩《まぶ》しい。そして、熱い！

膝と頭からどいて！　熱いっ！　焦げる！　禿《は》げる！

トラ猫ことミーナが大きく伸びをして「ニャーっ！」と勇ましい声を上げ、鳥ことティルも、「チューンっ！」と高く鳴く。

そこで私の意識は、ふっつりと途絶えた。

＊＊＊

目が覚めると、そこはウッディな感じの小屋の中でした。

そろそろこの展開にも慣れてきたね。意外と適応力あるんだろうか、私。それともあまりのめまぐるしさに頭のネジが飛んでしまったんだろうか。

私が今いるのは、山奥のログハウスって雰囲気の小さな部屋だった。丸太を組んで造られた壁と床と天井。しかも暖炉《だんろ》まである。本物を生で見るのは初めてだ！

そこでは、ぱちぱちと火が爆《は》ぜていて暖かい。窓の外は相変わらず暗かった。

……ん？　でも空の端《はし》っこがうっすらと明るくなっている。ひょっとして夜明けだろうか。

私は横になっていたベッドから身を起こした。そして気づく。

私、服を着替えさせられてるんですけど。

「……おお、目が覚めたか」

どばん！　とドアが外から開いた。すうっと冷えた風が吹き込んできて身震いする。それに気づいたのか、声をかけて入ってきた人物は「悪い悪い」と言ってドアを閉めてくれた。

だが、一度冷えた空気はなかなか暖まらない。私は上掛けを体に巻き付けて、じっと来客の様子を窺《うかが》った。

とにかく大きい。そして厳《いか》つい男の人だ。身長は百九十センチ近くあるんじゃないかってくらいで、プロレスラーも真っ青な、見事な筋肉が眩しい。こんなに寒いのに、タンクトップのようなシャツ一枚だ。見ている方が寒々しくなるけれど、男の人は「ちょっと暑すぎるかな？」とか言いながら暖炉《だんろ》の火をじっと見ている。あ、お願いだから消さないでください。

髪は硬質な茶色で、勝手な方向にピンピンと撥《は》ねている。顔もとにかくワイルドで、ギリシャ彫刻のように彫りが深い。きれいな緑色の目といいその風貌といい、日本人じゃないってことは分かった。だから、ぱっと見た感じも四十歳くらいに見えるけれど、ひょっとしたら本当はもうちょっと若いのかもしれない。外国人の年齢って、よく分からない。

それに、この人が喋《しゃべ》っている言葉。どう聞いても、日本語じゃない。かといって英語でもないし、フランス語でもドイツ語でもなさそうだ。

何が不気味って、私、その言葉が理解できるんですよ。そして当然のように、その謎言語を私も話せるのが分かる。

「……自動翻訳《ほんやく》パネェ」

「何か言ったか、ボウズ？」

「いや、何も……」

……違った、論点はそこじゃない。

とある可能性にはっと思い至り、私は青ざめる。そして、自分の体にぺたぺたと触れてみた。やっぱり体は縮んでいるみたいだけれど……よかった。性別は女のままだ。

「……私、女です。ボウズじゃないです」

「お？　そうなのか？」

男の人は言われて初めて気が付いたようだ。首を捻《ひね》って、「だからあんな変なもの着てたのか？」と言う。ブラジャーのことか。悪かったな。

私が三白眼《さんぱくがん》で睨みつけると、男の人はうーんと伸びをした後、高みから私を見下ろしてきた。別に睨まれたわけじゃないけれど、大男から見下ろされるってなかなか緊張する。相手が厳《いか》つい大男だから、余計に。

「名乗り遅れたな……俺はアルベルト・フェスティーユという。ベルフォード王国フェスティーユ子爵家当主だが……嬢ちゃんには分からないか」

いえ、分かりましたよ。

――ここが異世界だということが。

親切な大男――もといアルベルト・フェスティーユは、ベルフォード王国っていうところに住んでいて、子爵位を持っていて、相当偉い人らしい。

「ここは俺の領地なんだ。夜中に見回りをしていたら不思議な音がして……駆けつけてみると精霊がいたものだからな。おまけに嬢ちゃんは倒れているしで」

精霊ってなんですかそれ、と問う前に、彼の言いたいことは分かった。

さては、奴らだな。

『そうだよ、玲奈！』

『おはよう、玲奈』

突然、可愛らしい声が脳内で響く。私がびくっとベッドの上で震えると、私の中から――ちょうど胸の辺りから、ぽんっと丸っこい毛玉がふたつ、飛び出した。

毛玉二つは……ああ、やっぱり！　私が森の中で出会って勝手に名前を付けた、トラ猫と鳥だった。って――

「しゃ、喋《しゃべ》った！　聞きました、今の!?」

思わず大声を上げてアルベルトさんを見る。するとアルベルトさんは「ん?」と首を傾《かし》げた後、思い出したように手を打つ。

「ああ、そういえば契約者にだけは、精霊の言葉が分かるそうだな。悪いけど、俺にはニャーとチュンしか聞こえないなぁ」

「精霊……この子たちが?」

「知らなかったのか?」

私の呟《つぶや》きに、アルベルトさんの方が驚いたようだ。

「精霊持ちってのはそれほど多くない。おまけに嬢ちゃんくらいの歳で二匹も従えてるとなれば、相当な事情があるんだろう」

「……」

事情は……ない、とは言えない。でも、この人に言ったからといってどうなるんだろう?

地球から来ました。

なぜか体が縮んでいるようです。

精霊に名前を付けたら気を失いました。

そんなことを言っても、不審がられるだけだろう。

私はぎゅっと上掛けを握りしめた。不思議と怖くは、ない。

でも、ただただ不安だった。

「……よく、分かりません」

「うん？」

「なんで私がここにいるのか……なんで精霊っていうこの子たちがついているのかも、よく、分かりません」

「ん？　……家は、どこなんだ？」

「……家も、どこにあるのか…………」

「……嬢ちゃん、名前は？」

恐る恐るといった感じで尋ねながら、アルベルトさんは私のベッドの前に膝を突いた。そんな体勢になっても、私よりずっと背が高い。

「玲奈と言います」

「レーナか？」

「いや、玲……やっぱりレーナでいいです」

たぶん、「れいな」って名前は、この世界の人には発音しづらいんだろう。アメリカの人とかは母音が連続する単語が発音しにくいって、英語か何かの授業で聞いたな。レーナならレーナでいいや。ほんのちょっと発音が違うだけだし。私がこだわらなければいい話だ。

アルベルトさんは腕を組み、しばらく黙っていた。怖い顔はしていないけれど、それでも目の前で太い腕を組んで佇《たたず》まれたら、そりゃあ威圧感がある。おまけに近い。せめてもうちょっと距離を取ってほしいんだけど——正直に言おうか悩んでいると、アルベルトさんの方が先に口を開いた。

「なあ、嬢……レーナちゃん」

「はい」

「君、よかったらうちの子にならないか？」

「……はい？」

＊＊＊

緑豊かな王国、ベルフォード。

五十年以上前に平定された大戦争を最後に、この世界は国家間の戦争を終えた。各国内で小さな諍《いさか》いや政変は起きているものの、正面から国家同士でいがみ合うことはなくなったのだという。

ベルフォード王国も、かつては凄惨《せいさん》な戦《いくさ》を繰り広げていたそうだが、ある時、人間たちの愚かな殺し合いに心を痛めた創世の女神が、人間界に一人の女性を送り込んだ。

うら若い女性であった彼女は平和の大切さを説き、荒ぶれる勇士を宥《なだ》め、戦死した者に涙し、貧しい者にもその手を差し伸べたと言われている。

女神が異世界から連れてきたその女性は、世界から戦《いくさ》を取り除いた。これからは武力で他国を威圧するのではなく、己が国を豊かにすることで他国に勝ってみよと謳《うた》ったのだ。

アルベルトさんは、そんなベルフォード王国フェスティーユ子爵家の長男として生まれた。彼女のおかげで、その頃には既《すで》に平和で平等な国造りが始まっていたそうだ。

彼は、十歳を超えた頃から国の士官学校に通い、青年時代は近衛騎士団に所属していた。父の引退を機に子爵位を継ぎ、今は最愛の妻と子どもたちと共に穏やかな生活を営んでいるという。

——とまあ、そんな感じでこの国とアルベルトさんについての説明を受けた後。私はアルベルトさんにくすんだ鏡のようなものを見せられて、ようやっと今の自分の姿を認識することができた。

まあ、大体予想通りだったけれど。

簡単に言うと、頭の中や記憶は二十歳そのまま、体だけが十二歳程度の頃に逆行していた。鏡面に映った自分の顔を見ていると、ああそういえば小学生の頃はこんな顔してたっけ、と妙に納得してしまった。

当時は男の子並みに髪を短くしていた。目が細くて釣り気味だから、目つきの悪い男の子によく間違えられたっけ。体格ももちろん小さくなっているし、胸は皆無《かいむ》。

ちなみに、アルベルトさんに歳を聞かれた時には黙っておいた。逆に「何歳だと思ってましたか」と聞くと、「九、十歳くらいかな？」と即答された。

小学校高学年の時の私はひたすら縦に伸びている時期だったから、既《すで》に百四十センチはあった。でも、この世界では、今の私はどうやら十歳程度の「ボウズ」に見えるんだという。アルベルトさんのような外国人顔の人から見たら、私は年齢相応には見られないんだろうな。髪も短いし。面倒だから、その通り十歳だ、と言っておいた。

ちなみにアルベルトさんが話してくれた女神やらのくだりは、「へえ、そうなんですね」で流しておいた。「実は私も異世界から来たんですよー」「こう見えて実は二十歳なんですよー」なんて突

拍子もないことを言われても、アルベルトさん、困るだけだろうし。

その後私は、アルベルトさんに連れられて小屋を出た。出てから気づいた。この小屋の周りは例の森林ではなく、草原と緩《ゆる》やかな山脈の合流地点である平野だった。

それとなくアルベルトさんに聞いてみたんだけれど、私が倒れていたのはこの小屋の近くの茂みで、ここら周辺の歩いていける距離に緑豊かな森林なんてないんだとさ。

そうか、じゃあ気を失った後、私は謎の力でここまで大ワープしてきたってことか。

もう驚くことさえ億劫《おっくう》になる。

小屋の外に停《と》まっていた馬車に乗って、アルベルトさんと一緒に朝の光の中を出発した。おおう、馬車だよ馬車。本当に馬が曳《ひ》いてるよ。曳きながら糞《ふん》しちゃってるよ、馬！

御者台《ぎょしゃだい》で手綱《たづな》を操るのは、アルベルトさん。てっきり他にお付きの人でもいるのかな、と思ったんだけれど、「いや、昨晩は俺一人で巡回していた」とあっさり言っていた。まあ、筋骨隆々《きんこつりゅうりゅう》で実力もありそうだし、馬車の荷台に鎧《よろい》やら剣やらってのが転がっていた。ああ、剣だよ剣！　鞘《さや》に収まっているけど、実物は初めて見た！　感動！

ごとんごとんと、馬車が揺れる。私はアルベルトさんの隣に座って、陽《ひ》が昇った東の空を見つめていた。この世界も、太陽は東から昇る……でいいんだよね？

「……あの」

「……なあ」

あっ、被《かぶ》った。

「すみません、先どうぞ」

「……本当に、妙に大人びた子だな。いいぞ、先に言いな」

小さくアルベルトさんが笑う。厳《いか》ついけれど、笑った顔は子どもみたいだ。

彼の厚意に甘え、私はさっそく切り出した。

「……あの、さっきアルベルトさんは、うちの子にならないかって……」

「ああ、その話なら俺も改めて言おうと思ってたんだ」

アルベルトさんは一瞬私に目を向けた後、じっと前を見据《みす》えたまま言う。そりゃそうだよね。脇見運転ダメ絶対。

「レーナちゃんは行くあてがない……おまけに二匹も精霊を従えているのに、精霊についてよく分かっていない。この国の子どもなら誰でも知っている女神様の伝説も、五十年前の戦乱のことも、知らない」

そりゃそうですよ、異世界人ですから。

ちなみに精霊二匹は、今は裏に引っ込んでいる。裏と言っても、馬車の中とかじゃない。漠然と言うと、私の心の中に、らしい。

小屋を出る前に精霊たちと色々話をして分かったんだけど、人間と契約した精霊は、契約者の意識に応じて姿を消したり現したりできるんだとさ。だから小屋の中で話をしている時、何もないところからぬっと出てきたりしたわけだ。「あれ？　そういやあの子ら今どこにいるんだ？」って、あの時私が思ったから。

ちなみに、精霊に名前を与える行為というのが「契約」だ。私は何も考えずにミーナとティルと契約を結んでいたそうだ。

……こんなんで、いいんだろうか？　本人たちはまんざらでもなさそうで、「眠いから寝るねー」「また後でね」と、さっさと私の中に引っ込んでしまった。

「平和なご時世になったとはいえ、レーナちゃんのような子を一人にするのは不安しかない。おまけに精霊持ちとなれば、悪い大人のいいカモになってしまう。精霊持ちで身寄りのない子どもを誘拐して売り飛ばそうという輩《やから》もいるんでな」

推定年齢十歳の女児に言うような話じゃなかろうが、私の中身はハタチなのでよしとする。いや、よくはないけど。

「だったらいっそのこと、うちの子になった方がいいと思うんだ。うちには十三歳の長男と、六つになる双子の姉弟がいてな。女の子一人増えたくらいどうってことないし、むしろ家が華やかになるだろう！」

はっははは、と笑うアルベルトさん。貴族ってのはこんなにフレンドリーなものなのかしら？　それとも、自分の領内で拾った子だから特別に面倒を見てくれているんだろうか？

「もちろん、レーナちゃんさえよかったら、だ。精霊持ちは大人になるといい職に就《つ》ける。それに加えて子爵家出身なら、養子といえど引く手あまただ。君が大きくなって安心できる場所を見つけられるようになるまでくらい、いくらでも面倒見るさ」

うーん、そう言われると心は揺らぐけれど、ここまでオープンでいいのかって逆に疑ってしまう。

彼自身が言ったように精霊持ちがレアなら、アルベルトさんも私の力を狙ってる可能性がある。

あのちっこい精霊たちを悪用されるかもしれない。

でも、そのことはアルベルトさんが教えてくれたんだ。本当に悪い人なら、自分に不都合なことは言わないだろう。たとえ、相手が見た目十歳の幼女だとしても、口八丁《くちはっちょう》で言いくるめてなるべく穏密に事を運ぼうとするはずだ。

それに、今の私は行く当てがない。

体は小さくなっているし、この世界のことなんて何一つ分からないし。ここでアルベルトさんと別れてしまったら、それこそ飢えて死ぬルート一直線かもしれない。

もっと――それこそさっきアルベルトさんが言っていたような、酷《ひど》い目に遭《あ》うことだって考えられる。

となれば。

「……こちらこそ。私みたいなのでいいのなら、お願いします」

そう言って、ぺこりとアルベルトさんに向かって頭を下げる。

「私には、行く場所がありません……だから、お願いします」

あ、まずい。これって泣き落としみたいになったかも。私には行き場がないから面倒見てくれ！　って暗に脅《おど》したみたい。

でも、アルベルトさんはそんなこと思っていないようだ。まあ、普通の十歳児はそんな大人の事情を察するわけないからね。

「もちろんそのつもりだ。……よし、じゃあ帰ったら家族とご対面だ！　養子縁組《えんぐみ》の手続きもしないとな！」

「はい！」

ごとんごとん、馬車は揺れる。

私はアルベルトさんの馬車に乗って、新しい家と家族のもとへ向かう。

うん、きっと大丈夫。

私は負けない。絶対いつか、元の姿に戻って地球に帰ってやるんだ。

そのために、足掻《あが》いてみせる。

第2章　フェスティーユ子爵家令嬢・レーナ

「この度、縁あってフェスティーユ子爵様の養女となりました、レーナ・フェスティーユでございます。まだまだ不慣れなこともございますが……」

どうぞ、よろしくお願いいたします。

そう言いながら私が優雅さを極限まで追求した完璧な淑女の礼で挨拶すると、辺りの大人たちは鳩が豆鉄砲を食ったような顔で黙り込んでいた。そこの奥様なんて、口がぽかーんと開いてますよ。

まあ、そりゃあ驚くでしょうね。皆さんは「フェスティーユ子爵に引き取られた身分不明の養女」の見物に来たんだ。

身分不明となれば礼儀作法なんてからっきしだろうし、しかも十歳程度と歳すら怪しい。

そんなどこの馬の骨か分からない子どもが子爵に引き取られるなんてねぇ。

——と言わんばかりの表情で私の登場を待っていたもんだから、特訓の成果を披露してやりましたよ、ええ。

メイドさんたちには、「名前を名乗って、よろしくお願いしますと言えばいいのですよ」と簡単に教えてもらったんだけどもね。

お客様方は私の自己紹介に引いてらっしゃったようだけれど、アルベルトさん——否、お父様はにっこにこの笑顔で、「いやあ、本当に賢い娘なんですよ！」と、既《すで》に親バカモード全開だった。養子縁組の申請書を出してまだ数日だというのに、この有様ですよ。

私はお父様の隣に座って、にこにこと笑顔でお客様に応対することにした。場の主役として周囲に細かい気配りをしつつも、必要以上のことは喋《しゃべ》りません。なにせ私はこの世界について非常に疎《うと》いし、言語は理解できても文字の読み書きは一切できない。下手に喋《しゃべ》ってボロを出すよりは大人しくしている方がいいだろう。

まあ、そういう意味では、さっきの自己紹介はやりすぎたんだけどね、てへ。

何はともあれ。異世界に来て幼女化したわたくし、次はフェスティーユ家の養女になりました！幼女だけに。

無事にお茶会が終わり、お客様をお見送りする。その時も、「またお越しください」「今後もお世話になります」と一言添えて。無礼って言われるよりはいいだろうよ。なにせ、ここで厄介《やっかい》事を起こしちゃったら、せっかく私を引き取ってくれたお父様たちに迷惑が掛かるわけだし。

「レーナお嬢様、ご立派でしたね」

屋敷に戻ると、メイドさんたちが出迎えてくれた。完全親バカモードのお父様と違って、メイドさんをはじめとする使用人は、やっぱり妙に大人びた私との距離を測りかねてるんだろう。笑顔もどこか強ばっている。まあ、仕方ないか。それこそレーナお嬢様歴、たったの数日なんですから。

「はい、また色々と教えてください」

そう言って頭を下げる。うん、礼儀って大切。

フェスティーユ子爵家は貴族だけあり、やっぱり建物も立派だった。

最初、お父様に連れられて門をくぐった時には、「どこのお城ですか？」って問いたくなったくらい。お父様曰《いわ》く、ここらの貴族としては通常サイズの屋敷らしいが、日本の一般的な二階建て一軒家で暮らしていた私はカルチャーショックを受けた。四階建てだよ四階。アパートじゃあるまいし。

中庭もとてもきれいで、いつも庭師さんが丁寧に花の手入れをしてくれている。地球では見かけたことのない種類の花もたくさんあって、いくつか花の名前を教えてもらった。あの庭師さん、父方のじいちゃんにそっくりで初見から好印象を持てた。

フェスティーユ子爵家の養女になった私は、お客様の前に出る時は頭にバンダナのような、ほっかむりのような布を巻いている。縁《ふち》にぐるりと花柄の刺繍《ししゅう》が施《ほどこ》された大きな布で頭をすっぽり包み、女児にしては異様に短い私の髪を隠していた。

そうだろうなぁ、とは思っていたけど、この国では女の子が髪を短くすることは滅多にないそうだ。国の騎士団に入る女性や、作業でどうしても髪が邪魔になる人は短く切るけれど、貴族の少女の短髪は虐待すら疑われるらしい。きれいな長い髪をめいっぱい編み込んだり結い上げたりするのが淑女の常識なんだとさ。

お父様と手を繋《つな》いで廊下を歩いていると、ちょうど応接間からお母様が出てくるところだった。手には、さっきお客様にお出ししたティーセットが。お母様、またご自分で片づけをなさってるな。

「アニエス……片づけか」

「はい。あなたもレーナもお疲れ様」

そう言ってアニエス・フェスティーユ——私の養母であるお母様はにっこり笑う。顔面岩石みたいなお父様の奥さんってどんな人だろうと思ってたけれど、似たもの夫婦じゃなくってちびっと安心した。

お母様は平民出身で、元はこの領地に店を構える仕立屋の娘だったそうだ。それも、貴族御用達の高級クチュリエールとかじゃなくって、革や綿で普段着を縫ったものとか、綻《ほころ》びたものを直しますとか、裾《すそ》直ししますとか、そういうの。

養父母のなれそめ話は、私の養子届を出したその日の夕食時に聞かされた。他のきょうだいたちは耳にたこができるほど聞いているらしくうんざり顔だったけれど、私は楽しみながら聞いた。まあ、これからきっと鬱陶《うっとう》しくなるくらい聞かされるんだろうけど。

簡単にまとめると二人は身分差結婚で、運動大好き脳筋系のお父様が普段の練習着を買いに行った時、受付をしていたお母様に一目惚《ひとめぼ》れしたそうだ。お父様の猛烈熱狂アプローチにお母様は最初辟易《へきえき》したそうだけど、最後には折れて嫁に来たらしい。

幸運にも、お父様のご両親である先代子爵夫妻はとても寛容な方で、お母様の嫁入りを歓迎してくれたという。身分こそ皆無《かいむ》だけど生まれも育ちも子爵領で、「子爵様のために心を込めて服を縫います」の健気な一言にご両親も完璧に落ちたそうだ。

ああ、そうそう。うちには義理のきょうだいがおりまして——

「……おい、何そんなところに突っ立ってるんだ」

おお、来ました来ました。生意気なこの声。

お母様がお父様と一緒にティーセットを運んでいったのとほぼ入れ違いに、少年が廊下の陰からぬっと姿を現した。

さらりとした栗色の髪に、お母様譲りの青い目。小さな唇はツンと尖っていて、ほんのり赤らんだ頬がなんとも愛らしい。

えーっと、こちらの天使の美貌でありながらお口が悪うございますのが、私の「義兄」です。

「はい、何用でしょうか、お兄様」

「おまえに兄と呼ばれる筋合いはない」

お兄様――フェスティーユ子爵家長男イサーク・フェスティーユは柱に寄りかかり、至極嫌そうな顔で私を睨んでくる。そりゃ、そんな筋合いないわね。だって実質、私の方が歳上ですものねー。おっと、これは秘密だけど。

お兄様は腕を組んでふん、と幼さの残る顔を歪《ゆが》めて鼻を鳴らした。まだまだ子どもの域を抜けきってはいないけれど、欧米系の顔立ちである彼だから、身長は私よりずっと高い。

「父上たちは騙《だま》せても、俺はそうはいかないぞ。どうせ、記憶喪失になったふりをして、子爵家に取り入るつもりなんだろう」

うーむ、今日も相変わらず口が悪いな。まあ、十三歳といえば思春期に入ったばかりの時期。反抗してもまだまだ親に甘えたい年頃でしょう。そんな時に、ぽっと出の私なんかに親の愛情を奪われたら嫌ですよねぇ。イサークの気持ちも分かる。

彼と違って、双子であるレックスとミディアの七歳の弟妹は、すぐに私に懐《なつ》いてくれた。「ねえさま！」と無邪気に慕ってくる姿はなんとも愛らしいが、多感な時期であるイサークはそうはいかない。いきなりできた妹とすぐ打ち解けろという方が無理があるだろう。

私はきょとんとした顔を作り、イサークのねちねちとした嫌みを右から左へ流す。

「さっきの挨拶だって何だ。大人ぶって良い子アピールか？　そうやって客連中を騙《だま》して何をするつもりだ」

まあ、中身は成人済みの大人ですから。あ、ちなみにこの世界の成人は十六歳だってさ。早いねぇ。十六歳とか、まだ高校生じゃん。でもＲＰＧでは十六歳で冒険の旅に出るくらいだから、異世界ではアリなのかもしれないね。日本の成人年齢が遅いってのもあるだろうけど。

「おい、聞いてるのか！」

あ、聞いてなかった。まあいいか。

ふむ、と私はしばしの間作戦を練った後、軽く頭を前に倒し、前髪の隙間から兄の様子を窺《うかが》った。

よし、今日はこの手で行ってみよう。

「お兄様……お兄様は、私がお嫌いなのですか？」

私は周りにお父様やお母様たちがいないのをいいことに、両手を胸の前で組んで、じっと兄を見つめた。ちょうどいいタイミングで涙が流れるよう、瞬《まばた》きを堪《こら》えておく。

「私の行いがお兄様のご気分を害しているのですね……ごめんなさい、お兄様。私、お兄様の気持ちを考えもせずに、勝手なことをして……」

「……別に、嫌いなわけじゃ」

するとあら不思議。さっきまで威嚇《いかく》中の猫みたいに毛を逆立てていたイサークお兄様は、ばつが悪そうな顔でふいっとそっぽを向いた。私からは見えないようにしているようだけど、耳が赤くなっているのが丸見えですよ、お兄様。

「ただ……なんだ、おまえを見ていると妙にイライラして……」

「では、私は引っ込んでいる方がいいでしょうか……」

「だから、そういう意味じゃなくって」

くそ、とお兄様は見事な栗色の髪をぐしゃぐしゃに掻きむしる。ああ、もったいない。お父様譲りのきれいな色をしているんだから、大事にしてくださいよ、お兄様。

お兄様の言いたいことは分かる。つまり、いきなり現れた「妹」が妙に大人びていて、周囲の人とうまくやっているものだから苛立《いらだ》っているんだろうよ。私に対してというよりは、自分自身に。

私の目から見ても、兄イサークは決して出来の悪い子ではない。顔立ちはお母様似で優しそうだし、勉強もよくできる。双子の弟妹の面倒もよく見るし、いいお兄ちゃんだ。

ただ、フェスティーユ子爵家を継ぐことが決まっているから、すべて完璧にしようと思って空回ってしまうんだろう。あれもできなきゃ、これもしないと、って自分を追いつめてしまうタイプだ。

そんな最中、ふらりとやってきた義理の妹の出来がよけりゃあ、焦りもするよね。今のところグレるまでは行ってないけど、相当苛立《いらだ》ってるだろう。義妹である私に辛く当たるのも、そのジレンマゆえだ。

こうやって冷静に兄の性格を分析できるのも、脳みそが二十歳のままでトリップしたからだ。頭の中まで小学生に戻ってたら、きっと、また別の問題が起きてただろうね。あの頃の私は、相当の悪ガキだったから。

そういうわけで私は、大人たちと良好な関係を築きつつも、きょうだいたち――とりわけ兄イサークと、いい感じに折り合いを付ける必要があった。思春期って大変だよね。

「お兄様、私はお兄様のことが大好きです。だから、お兄様が望まれるようにします」

うん、あながち嘘じゃない。くっそ生意気だけど、こんな弟がいたらいいなぁ、とも思うから。

で、予想通りお兄様は頬まで真っ赤になった。もはや取り繕《つくろ》うことも思い至らなくなったのか、

「もういい！」と叫びながら廊下の向こうに消えてしまった。

この様子だと、今日の晩ご飯の時には話しかけられないだろうな。ちえっ。

お茶会からしばらく経《た》ったある日のこと。

「……これ、書記官登用試験の問題ですか？」

イサークお兄様が居間のテーブルに資料を広げていた。私は興味を惹かれて手に取る。

最近はお兄様も私との距離の取り方が分かってきたのか、面倒くさそうにしながらも一応相手はしてくれるようになった。今だって、問題用紙を手にした私をやや渋い顔で見てきてはいるけれど、

追い払ったり暴言を吐いたりはしない。

十三歳のお兄様は進路について悩める年頃らしく、通っている学院からいろんな資料をもらって目を通しては、眉間に皺《しわ》を寄せていた。お父様がしばらく騎士団に所属していたように、彼も子爵位を譲り受けるまでには、何らかの職に就《つ》く必要があるんだって。進路で悩む気持ち、分かるよ。私だって高校受験・大学受験と経験してきた身だから。

私の質問に、お兄様はゆっくり頷《うなず》く。

「そうだ。……とりわけ算術が面倒で、受験生にとっては鬼門《きもん》だと言われている」

「難しい問題なのですか」

「そういうわけではないが、ひたすら時間が掛かるんだ。たいてい、解いている途中で時間切れになるそうだ」

そう言ってお兄様は、私が持っていた資料を取ってぴらりと中を開いた。おお、テストの問題用紙。形式自体は中学高校の定期テストとさほど変わらないな。マメに勉強するタイプじゃない私も、試験前だけは一夜漬けで頑張ったっけ。

自慢じゃないが、これでも算数・数学は得意だった。逆に、英語はからっきしだめだったけれど。そもそも記憶力があんまりよくないんだよ。新しい言語を覚えるとか苦痛だよ。

そんな私にとって、この世界の言語学習にはアドバンテージがあった。なにせ、言葉自体は既《すで》に理解できているんだ。貴族の子女はともかく、一般市民では読み書きのできない子どもってのはそう珍しいことじゃないみたいだから、この点は養父母も何ら疑問に思わなかった。

そういうわけで私は、与えられた自室でちょくちょく字の勉強をしていた。というのも、この世界は共通言語で、しかも「読めるなら書ける」というくらい易《やさ》しい言語だったんだ。イメージとしてはハングルみたいに、音をそのまま読みに宛てているって言えばいいんだろうか。「ア」と発音するなら「ア」の音をそのまま覚えて書けば正解。英語みたいに、同じアルファベットでも時と場合によって読み方が違うとか、そういう複雑さはない。

だからお母様に言葉一覧表をもらった時、私は小さい字でこっそりと日本語に換えた時の読みをメモしておいた。おかげさまで、早くも簡単な言葉はそらで書けるようになった。脳みその中身は女子大学生だけど、脳みその若さは体と同じで小学生の頃に戻っていたようだ。ありがたや。

国語に関してはまあ、ほどほどにできたらいい。とりあえず自分の名前を間違えずに書けたら生きていけるから。

そう思いつつ私は資料を眺める。

テーブルに広げられた問題用紙の紙面で、印字されているのはほんのわずかなスペース。それ以外の真っ白な部分は、計算用の余白なのだという。

「速さが必要なのですね」

「そう。だから学院でも、速く正確に算術を解くための講義があるのだが、実践するのもなかなか困難でな」

そりゃそうだ。数学は、その時その時で問題も数字も変わるんだ。

私の好奇心の芽が疼《うず》く。

私は「やってみたいです！」とお願いをした。お兄様に問題を読むのを手伝ってもらいながら、わくわくしつつペンを握りしめ――

……ん？

「……お兄様、もう一度お願いします」

「じゃあ読むぞ。……一分間は六十秒であるが、四秒に一回鐘が鳴る仕組みになっている。三分間で、鐘は何回鳴るだろうか」

わぁ、この世界でも一分は六十秒でいいんだね……じゃなくて！

これ、小学校中学年のレベルだよ！　暗算でできるよ！　四十五回でしょ！　えっ、まさかのとんでもない引っかけがあるとか？

「……これを解くのに平均一分かかるそうだ」

遅すぎ！　解くというよりは、絵でも描きながら一個一個教えてるでしょ、それ！

「ちなみに答えは」

「四十五回」

「……おまえ、答え見たか？」

「み、見ました。ごめんなさい」

危ない。反射的に言ってしまった。ここで「いえ、暗算ですけど？」とか言ったら、せっかく築き上げてきたお兄様との信頼関係が崩れるところだった。

実は文字の勉強を始めた時から思っていたんだけど、この世界は地球の諸国と比べて数学の発達が遅い。「しちはごじゅうろく」のように、語呂で覚えられる九九のような暗記法が存在しないってのも大きいだろうね。筆算《ひっさん》に似た計算方法はあるけど、まあそれにしても遅い遅い。大きな桁《けた》の繰り上がりなんかがあった日には、計算用スペースが真っ黒になっちゃうくらいなんだと。

だから、普通の人より速く計算ができる人は重用される。この書記官登用試験に算術の問題があるのも、エリート官僚には計算の才能が必要だからなんだろうな。

当然、高校生レベルの数学の知識がある私にとっては屁でもない問題ばかりだ。

ついでに、他の問題もお兄様に読んでもらったけど、大体同じ感じだった。たかし君は三百円持ってます。リンゴを何個、ミカンを何個買いました……とか、そういうレベルだった。

つまり、この世界では、九九や暗算、xやらyやらを使った問題が発達していない。だからこそ、さっきの鐘の音問題しかり、たかし君問題しかり、簡単な計算問題で時間を取られるんだ。

「……書記官の仕事って、それほどすごいんですかね」

「すごいとも」

おっと、この声はお父様。

お父様は今日は屋敷で書類整理をされてたんだけど、一息つこうと思ったんだろう。首の後ろを押さえたり肩をコキコキ鳴らしたりしながら、私たちの側にやってきた。

「書記部は王城の事務仕事の全般を担っている。あそこはエリート揃いで、字の読み書きはもちろん、さっきからイサークが読み上げているような問題も素早く解答できなければならないんだ」

「お金の管理などもするのですか」

「金銭管理は別の部だが、帳簿の記入や計算については任されることが多い」

ふむ、だとしたら書記官で素早い計算ができない人は相当苦労するだろう。

そうぼんやりと他人事のように思っていた私だが、次のお父様の台詞《せりふ》で一気に覚醒した。

「他にも書記部では要人の手紙や書類を管理しているし……あとは、五十年以上前に降臨した、異世界の乙女についての情報もまとめているそうだ」

「……え？」

「前にもちょっとだけ話したが、長く続いた戦乱を止めた女性だよ。書記部には大量に古い書物も残っているし、ああいう書物を閲覧できるのも、書記部の特権だな」

お父様の言葉は、最後までうまく聞き取れなかった。

急に、体中の血が沸騰したかのような感覚に襲われる。

異世界の乙女。私と同じように異なる世界から引っ張り込まれた女性。

その記録が、書記部にある。

となれば、ひょっとしたら地球に帰る方法も書かれているかもしれない。女神がどうのとか、必要な道具とか、術の類《たぐい》とか。

お父様は「あー、喉《のど》が渇いた。アニエス、紅茶淹《い》れてくれー！」とドカドカと奥の方に行ってしまった。

私は震える手で問題用紙を手に取り、気づけば、小さく微笑んでいた。

……どうやら、今後の明確な目標が立てられそうだ。

そんな私のことをイサークお兄様が目を細めて見ていたことに、私は気づかなかった。

＊＊＊

今日はお母様に連れられて、町にある市に買い物に出掛けた。

お母様も庶民の出だからか、ご自分の手で品物を選ぶのが好きらしい。昔から日用品やら食材やら、あれこれ買い出しに行くことが多かったそうだ。

弟――じゃなかった。兄のイサークお兄様は思春期であることも手伝ってか、「母上と買い物なんて」とツンとそっぽを向いていたけど、双子のきょうだいレックスとミディアはよく、お母様と一緒に買い物に行くと言っていた。もちろん、騎士の護衛付きでね。それは私がこの家に厄介《やっかい》になってからも同じだ。

そんな護衛を後ろに従え、私とお母様の間にレックスとミディアを挟み、四人仲良く手を繋《つな》いで町を歩いている。

「かあさま、お人形！　ミディ、お人形の服！」

「……かあさま、僕はご本」

「はいはい。その代わり二人とも、お荷物持ちをするのよ」

お母様が言うと、二人とも「やったぁ！」と両手を挙げる。私とお母様がそれぞれの手を握っているのだから、自然と私たちも拳《こぶし》を振り上げる形になってしまい、顔を見合わせて苦笑してしまった。金髪に緑の目の双子は、いつ見ても愛らしい。

フェスティーユ子爵領はベルフォード王国の西端に位置している。穏やかな丘陵《きゅうりょう》地帯と河川の流れる市街地が、いかにも大国の片隅の田舎町って感じで好感が持てた。

空気は美味しくて、道行く人たちも優しい。そりゃあ、私たち四人は領主様の家族だから親切にするのは当然なんだろうけど、それを抜きにしても、とても住み心地のいい町だった。

私はきゃっきゃとはしゃぐ双子に引っぱられつつ、ショーケースに並べられた様々な商品を眺めていた。やっぱり異世界だけあって、地球では見たこともないような道具や装飾品、どうやって着るのか分からないような衣服などが展示されている。買いたいってほどじゃないけどなんとはなしに商品を眺め、ついでにそれにくっついている値札を確認しておく。

この世界のお金の単位は、全地域共通でゴルドと言うそうだ。

日本円との正確な為替《かわせ》レートなんて分からないからアバウトになるんだけど、だいたい一ゴルドが十円相当。食品や衣料品は比較的安くて、本や嗜好品《しこうひん》などは高めに価格設定されている。必要最低限の物資は安価で手に入る仕組みになっているらしい。

ゴルドの記号は、前方後円墳《ぜんぽうこうえんふん》のような、てるてる坊主のような形。なぜか数字だけは地球の算用数字と同じだったから、値札も簡単に読むことができた。「二百十てるてる坊主」って書かれていたらそれは二百十ゴルド――日本円だとだいたい二千百円相当の品物だってことだ。

「レーナ、あなたは何か欲しいものはないの？」

ふいにお母様に聞かれて、私は顔を上げる。

レックスとミディアはお菓子屋さんの出窓に並んでいるキャンディの瓶にすっかり夢中になっていた。日光を浴びてキラキラ輝く色とりどりのキャンディは、幼い子どもの心を捕らえて離さない。

お母様はミディアたちをほほえましげに見つめた後、私の方に視線を戻した。

「レーナ、あなたは全然物を欲しがらない子だから。たまには我《わ》が儘《まま》を言ってもいいのよ？」

「でも……私、お母様たちにたくさんの物をもらって、これ以上の贅沢なんて……」

養女である私に対しても、お母様たちは平等に接してくれた。ご飯はおいしいものをたくさん作ってくれるし、服だって私用に誂《あつら》えてくれる。十歳児用だから、まあ、その、中身二十歳の私が着るのは少しだけ勇気が要《い》るようなデザインだけど、用意してもらったものの中には子ども時代の今しか着られないようなものもある。今日着ている爽《さわ》やかなオレンジシャーベット色のワンピースだって、新しく仕立ててくれたものだ。お小遣いだって、少しだけどもらっている。

お母様は私の返答を聞いて、困ったように眉を八の字にした。

「そうなの？　じゃあ、何かこれをしたいってことはない？」

「それは……」

ないことは、ないんだけど。

先日お兄様やお父様と話している時に出てきた、書記官という職業。算術ができないと入れないエリート部門らしい。

この世界の数学レベルは低い。一般人なら、三桁《けた》の足し算に、数分かかるそうだ。

そしてその書記官という役職、どうも「異世界の乙女」に明るいとのこと。

異世界の乙女とは、五十年以上前に女神の手によってこの世界に呼ばれた女性。彼女は荒れ狂う戦争の時代を終わらせ、今の穏やかな世界を作ったという。

私は、その異世界の乙女とやらは、私と同じ地球人ではないかと考えている。この世界の女神によって召喚された女性。確証はないが、こういうのは一度召喚に成功した世界から再度召喚を行うというのがセオリーなんじゃないだろうか。彼女と私の状況は似ている気がする。その彼女の情報が書かれた本を、書記官になれば読めるそうだ。

それに、ちゃんとした職に就《つ》けたらお給料ももらえる。

今の生活には満足している。家族はみんな優しいし（イサークお兄様だって！）、衣食住も完備。正直に言えば、無理して働く必要はない。

でも、これでも中身は二十歳ですからね。自立しなきゃ、という思いも強い。お父様やお母様は私が結婚するまで面倒見てくれるらしいけど、私はそこまで甘えるつもりはない。

となれば、考えることはひとつでしょう？

私は、書記官になるっ！

そのためには書記官や登用試験の基礎知識が必要なわけで、情報収集をしたいのですよ。

……だけど、そんなことお母様に言えるはずもないな。たった十歳の小娘が書記官について知りたいなんて、さすがに怪しすぎるもの。

でも、目の前のお母様はまだ、私の返答を待っている。

さて、どうするべきか。

『玲奈』

私が悩んでいると、ふと、脳裏に微かな声が聞こえてきた。

ちょっとだけ跳ねっ返りな少女を彷彿《ほうふつ》とさせるこの声は、ミーナのものだ。

私は、精霊であるミーナと、ティルと心の中で意思疎通ができる。そんな二匹が、私の意識の中で何かを言っていた。

「……レーナ？」

道の真ん中で立ち止まってしまった私。

お母様が心配そうに、私の顔を覗《のぞ》き込んだ。

精霊ってのは、本当に不思議な存在らしい。

精霊はそもそも、そんじょそこらにはいない。ある一定の契約をもって、本当にごく一部の限られた人のみが彼らを従えることができるんだとさ。子どもでも契約はできるし、複数従えることだって可能だ。ただ、その両方が該当する私みたいなのは、非常に稀《まれ》なのだそうだ。

ちなみに、この世界の人間は、魔法なんて扱えない。魔法は、精霊以上の種族の特権だとか。

私が思っている以上に、精霊はいろんなことができるみたいだ。

私はそんな彼らに、あるお願いをすることにした。

私は一人、町の商店街にいた。近くにお母様や護衛騎士の姿はない。

さっきミーナが提案してきたんだ。一人で散策したいなら手を貸すぞ、って。

ミーナとティルは、精霊としてはまだまだ幼い個体らしいけど、その分お茶目で色々なことに首を突っ込みたがっていた。

ミーナは猫らしくめんどくさがりだけど、興味のあることだったらとことん追求する。ティルだって、ミーナよりは落ち着いた感じだけど、好奇心を擽《くすぐ》られると何にでも手を貸してくれた。精霊に明確な性別は存在しないらしいけど、どっちかというと二匹は女の子みたい。声も、小学生くらいの女の子の声だしね。

私はさっき、お母様に一人で町を歩きたいって言ったんだ。当然お母様は心配なさるから、だったら護衛騎士を付けてくれと言った。私の身に何かあればいつでも飛び出せるよう、側にいてほしいって。

それでお母様は安心したのか、屋敷の騎士を三人私の背後に付けて送り出してくれた。でも残念、今彼らが護衛しているのは、ミーナが化けた偽の「レーナお嬢様」。本物の私は既《すで》に入れ替わっていたのだ。そんなこともできるんだ、と私はミーナの提案に舌を巻いた。

偽お嬢様は騎士たちを引き連れ、全然別の方向をぶらついている。ミーナの変化はなかなかのものので、私本人が見てみても全く違和感がなかった。ただ喋《しゃべ》ることはできないから、その辺は許してくれってさ。

それからティルは、私の外見を変えてくれた。ティルが私の頭上に着地してちゅん、と一声鳴くと、あら不思議。私の髪も目もドレスも、全部地味な色に変化していたんだ。明るいオレンジ色だったドレスはくすんだベージュに変わり、真っ黒だった髪も目も、それぞれありきたりな地味な茶色になっていた。

この色変化はちょっと体力を使うらしく、現在ティルは私の中で休んでいるけど、何かあれば力を貸してくれるそうだ。

家族たちの目を欺《あざむ》くことに罪悪感がないわけではない。みんなを騙《だま》すことになっても、私はあることを知りたかった。

私はさっそく、町の本屋に向かう。さっきお母様たちと歩いている時に、ある程度の目星は付けていたんだ。

「すみません、書記官についての本ってありませんか」

カウンターで聞いてみると、大柄な若い男性店員は案の定、私を不審そうに見下ろしてきた。

「お嬢ちゃんが？　あんな本を読んでどうするんだ？」

「兄さんのお使いです。兄さんは今体調を崩していて、でも書記官を目指しているから、ベッドで暇にしている間の読み物が欲しいと言ってました」

私はなるべく、子どもらしさをアピールしながら店員の問いに答えた。今話題にしている「兄さん」ってのは別に、イサークお兄様のことじゃない。でも、そんなことは店員は知らないから、お使いと言ったら多分、邪険にはされないだろう。

思った通り、店員は「そうか、ご苦労だったな」と言って一気に態度を和《やわ》らげた。そして手にしていたはたきを置いてフロアに向かい、本棚からひょいひょいといくつか本を取り出した。

「お嬢ちゃんのお兄さんは、いくつだ？」

「十三歳です」

面倒なので、イサークお兄様の年齢を答えておく。

「十三歳なら、これくらいかな」

ほい、とカウンターに本を置くと掃除直後だからか、もわっと埃《ほこり》が舞った。

「しかし、お兄さんも勤勉家だな。書記官なんて、そうそうなれるもんじゃないんだぞ」

「登用試験とかがあるんですよね？」

この際だから、色々聞いておこう。

店員のお兄さんは持ってきた本に付いていた埃《ほこり》を払いつつ、頷《うなず》く。

「もちろん。読み書き計算がメインになるが、とりわけ計算……算術が難しいんだよ」

「兄さんも言ってました。計算するのに時間が掛かるって……」

「そうそう。もうじき今年三回目の登用試験があるんだが、一体何人合格することやら……」

むむ、耳寄りな情報ゲット！

「試験日が近いのですか？」

「そうさ。お兄さんから聞いていないのか？」

「に、兄さんはしばらく学校も休んでいて、チラシも受け取ってないらしくて」

「そうか……じゃあ、これも持っていきなよ」

そう言って店員のお兄さんは、よいしょ、と大きな体を曲げ、足元の棚から端《はし》っこの折れたチラシを取り出した。なんとなく、日本の本屋で見かける検定の案内チラシを彷彿《ほうふつ》とさせる。

「これ、登用試験用のチラシな。余ってるから持っていきなよ」

「いいんですか？」

「ああ。病床のお兄さんに見せてやれよ」

「はい、ありがとうございます」

私は店員からもらったチラシに目を通す。文字の読み書きは、だいたいクリアしているのだ。

「次の開催は……五の月、二十五日？」

「今月の下旬だな。当日エントリーも可能だが、まあ大概の志願者はもう申込書を出しているだろう」

そうか……申込が必要なのは当たり前か。となると、受ける時には絶対、お父様たちに言わなきゃならないよなぁ。


その後、もう何冊か本を見繕《みつくろ》ってもらい代金を払うと、店員のお兄さんに何度もお礼を言って、本屋を出た。夕日の眩《まぶ》しさに目を突かれ、思わず手を目の前にかざす。そろそろ、夕暮れ時だ。道行く人たちも、それぞれの家路に就《つ》いているようだ。

『玲奈、戻る？』

ティルが私の心に呼びかけてくる。ティルの声は優しい女の子の声で、ミーナよりもやや低めだ。

『うん。お母様たちと、あとミーナは今どこ？』

ティルが私の問いかけに、しばらくの間黙った。契約者が同じ精霊同士は、互いの気配も察することができるそうだ。今、ミーナと連絡を取り合っているんだろう。

『ミーナは、裏の通り。今、呼んだ。こっちにやって来る』

『じゃあ、ここで入れ替わればいいね』

『もう一本北の通りに、玲奈のお母様がいる。ティル、玲奈の荷物を屋敷に運ぶ』

『ありがとう、ティル』

私がお礼を言うと、すっと、手の中にあった本やらチラシやらの重みが消える。と同時に私の体からするりと色が抜けて、髪も目もドレスも、全部元の色に戻っていった。

『玲奈！』

背後から声が掛かる。裏路地をこちらに駆けてくる女の子——私に化けたミーナだ。

ミーナは私に向かってウィンクして、さっと霧が晴れるようにその姿を消した。ミーナが私の体に消えた直後、今度は同じ路地の向こうから、ゼエゼエ息を切らせた騎士たちがやってきた。

「お嬢様！」

「あ、はい？」

「足が速いのは結構ですが、お一人であまり細い道を行かないでください」

考えてみれば、お母様たちだけじゃなくてこの人たちも騙《だま》して、散々町中を練り回らせたんだよな。すみません。

「お嬢様、ずっと無言で店を回られていましたが、何かお気に召す物はありましたか？」

騎士の一人に聞かれ、私ははっとする。

そうだそうだ。ミーナは意識の奥で私と会話することはできても、他の人たちと声を出して話をすることはできないんだった。

私は曖昧《あいまい》に微笑んで、うーんと背伸びをした。

「はい。たくさんの物を見て……思わずはしゃいでしまいました」

「それはよろしかったです。奥様方にご報告すると喜ばれると思いますよ」

騎士は笑ってくれたけれど、さすがに書記官のことを話すわけにはいかないよねぇ。

そんなことを思いつつ、私は奥の通りから手を振ってやってくるお母様たちの姿を見つけて手を振り返した。


屋敷に帰ると、すぐさま自室へ。でも家族たちに怪しまれたら面倒だから、何もない風を装《よそお》う。

部屋に戻って、扉を閉める。子ども部屋だから鍵を掛けられないのが残念だ。

ちなみにこの世界の鍵は、大抵がトイレのドアに使われているようなスライド式の錠前になっていた。

机の上に無造作に置かれた本の山を見てほっとする。

ティル、本当にできる子だ。もちろん、ミーナも。

心の中で称賛すると、もぞもぞと胸の奥が熱くなって、ぴょんと二匹の精霊たちが飛び出してきた。今日のＭＶＰである二匹は、「もっと褒《ほ》めろ」とばかりに体を私に擦り付けてくる。うむ、モフモフ最高。

「ミーナにティル、本当にありがとうね」

『これくらいお手のもの！』

『玲奈が喜んでくれて何より』

ミーナははしゃいだように、ティルは落ち着いた様子で答えた。こういう反応の違いでも、やっぱり精霊にも個性があるんだな、って思えるね。

さてと。私はティルが持ってきてくれた本の山を抱え、ソファに移動する。ふわふわの座面に身を沈めてから、本屋で選んでもらった本を開く。

店員のお兄さんには「十三歳の兄用」と言って選んでもらったから、やっぱり内容が難しい。お母様たちが私の読み書き用に用意してくれたドリルのどれよりも、よっぽど。ただ、時間は掛かるけど、解読不可能ってほどじゃない。

ぺらぺらとページをめくるにつれ、お父様やお兄様の話だけじゃ分からなかったことが徐々に明らかになってきた。

――書記部は国の首脳部の部署のひとつだ。書記官のバッジを持っているだけでエリートと見なされ、あらゆるところでＶＩＰ対応される。中には肩書きを花嫁道具にしようと企む女性もいるのだとか。

だけどヤワな気持ちでなれるほど、書記官職ってのは甘くない。登用試験の難易度は言わずもがな。試験にパスできたとしても、延々と舞い込んでくる仕事の量に参ってしまって、早々に辞める人も多いそうだ。そりゃあ、この世界の人間にとっては東大レベルだろうあの問題を連日解かされれば、頭も痛くなるな。

「なるのも大変、なってからも大変ってことね」

私の呟《つぶや》きに、ミーナが尻尾を振って応えた。

書記部で実力を上げると、あちこちから引き抜きの話も来るそうだ。一番件数が多くって、なおかつ人気なのが、騎士団からの引き抜き依頼。

ここベルフォード王国の制度では、騎士団は大きく分けて三つに分類される。ひとつは、市街地の防衛にあたる治安《ちあん》騎士団。それから、王家の護衛を務める侍従《じじゅう》騎士団。最後に、王城の警備から遠征まで幅広く任務が課される近衛《このえ》騎士団。うちの屋敷に仕えている騎士たちは、治安騎士団に属するんだってさ。

それぞれの騎士団にもやっぱり、雑務から計算業務、書類整理やら文書作成まで、いろんな仕事がある。ただでさえ仕事量が多い上、いつ呼び出しが掛かるか分からないような職だから、普通の書類作成ならともかく、計算なんかに時間を割《さ》く余裕はない。そもそも、体力勝負の騎士たちは計算なんて嫌いだろうしね。

そういうわけで、優秀な書記官には騎士団から声が掛かる。騎士たちの代わりにデスクワークをやってくれってこと。書記部にいるだけでも相当の給料だけど、騎士団からスカウトが入れば、まさに昇給のチャンス。騎士団の専属書記官になれば、書記部と騎士団両方から給料が入る。なにそれおいしすぎ。日本中の就活生が歓喜の涙を零《こぼ》すぞ。

書記官ってのは、世間からも一目《いちもく》置かれる職業なんだ。数学の発達の遅いこの世界で、一般市民ができる計算なんてたかが知れている。書記官志望者でさえあのレベルの計算に手こずるんだから、普通の人はもしかしたら足し算引き算も危ういのかも。

「……そういえば、ここの町って値段表記も変わってるよね」

町を回っている間のことを思い出して呟《つぶや》くと、ティルがちゅちゅん、と鳴く。

『お金のこと？　そりゃあ、みんながみんな、玲奈みたいに計算できるわけじゃないし』

『お店の人も、お金の計算はあんまり得意じゃなさそうだったよ！』

ティルとミーナが、それぞれの感想も述べてくれた。

そう。さっき見た商品の値札。価格が軒並み、きりのいい数字になっていたんだ。

大抵の品物は十ゴルド刻み。一、二ゴルドの端数《はすう》なんて、滅多に見かけなかった。あの時は気づかなかったけれど、考えてみれば一般市民でも簡単に暗算ができるようにしているんだろう。十ゴルド足す四十ゴルド足す二十ゴルドで七十ゴルドになる、みたいに。繰り上がりが必要になると、計算できないだろうからね。

ふむ、と一息ついた私は書記官用の本を脇に退け、別の本を手に取った。後学のため、他の本も買っておいたんだ。在処《ありか》を教えてくれた店員のお兄さん、大変お世話になりました。

重厚な革の表紙。ツンと古びた匂いのするその本の背表紙には、「精霊～高貴なる生き物たち～」と金文字が刻まれている。

ミーナとティルがほぼ同時に顔を上げて、もの言いたげに私の方を見てくる。私はそんな二匹に頷《うなず》いてみせ、革張りの表紙をめくった。

ずっと気になってたんだ。ミーナにしろティルにしろ、精霊っていう生き物のことが。

= 10

この世界に放り込まれた時、ミーナとティルと出会って、私は思いつきで名前を与えた。こっちが提案した名前を精霊が受け付ければ、契約完了。本当はもっときちんとした手順を踏むものらしいけど、私の場合、色々すっ飛ばしたんだろうね。

私は引き出しから紙とペンを引っ張り出し、文字の練習がてら、デスクで精霊についての内容をまとめることにした。

・この世界は、あまた存在する神々の中でも若い女神の手によって作り出された。
神は、自身の創造した世界を守る義務がある。同時に、世界に深く関与してはならないという制限もある。

要するに神々は必要以上の手を加えることなく、己が作り出した世界を守る必要がある。
・精霊は、女神の住まう天界で生まれ、特殊なルートを辿って人間界まで降りてくる。そこで気に入った人間と出会って契約を結ぶ者が多い。
・精霊は人間と契約することで強大な力を得るが、反面、それにより寿命も生じてしまう。
人間と契約を結ぶと、力を得る代償としてその契約者の人間と生死を共にすることになる。

人間が死ねば、精霊も死ぬ。そのため精霊は、己が契約した人間を必死で守り、共に生きる。
・精霊が自身の契約者を見定める基準も、精霊によって違う。
ただ、人間の王族には精霊持ちが多い。おそらく、精霊も高貴な生まれの人間を嗅《か》ぎつけるセンサーのようなものがあるのだろう。

・精霊が幼い子どもと契約を結ぶ確率は、そう高くない。精霊が契約を申し出るのは、たいてい十代後半から三十代の健康な人間。
精霊には性別――というほどじゃないけど、なんとなくの差があり、自分と同性の人間を選ぶことが多い。
・たいていの場合、人間が精霊と契約を結べるのは一度だけ。既《すで》に精霊持ちの人間は精霊にも分かるらしく、まず二番目の契約を申し出ることはない。
・精霊持ちはどの国でも重宝され、精霊共々国賓《こくひん》扱いされることも多い。
ベルフォード王国をはじめとする多くの国では、精霊の登録が奨励《しょうれい》されている。だが、それゆえに狙われることもあるので、中には自身が精霊持ちであることを公表しない者もいる――


なるほどね。

そこまで書いてペンを置き、うーんと背伸びした。

私は今、二匹の精霊を従えている。この歳で、しかも二匹も精霊と契約してるってのは珍しいって言われたけど、なんとなくその理由が分かった気がする。

『……ねえ、ミーナ、ティル』

『何？』

『どうしたの、玲奈』

試しに、二匹に問いかけてみた。窓辺でくつろいでいた二匹は、私の思念を受けて、ゆっくりとこちらを振り返る。

『私、何歳か知ってる？』

『二十歳でしょ。ミーナ知ってるよ！』

『玲奈は二十歳だよ。見た目は違うけれど、ティルたちには分かるよ』

予想した通りだ。私は椅子の背もたれに体を預けて、天井を仰ぎ見た。

こっちの世界での私はなぜか十二歳程度の体になってるけど、中身は二十歳。もちろん、精霊であるミーナもティルも、私の本当の姿が二十歳の女子大生だと分かってるんだ。

そのことを知らない人たちは、私が十歳に見えることもあって驚くんだろうけど、精霊の目から見たら私はちゃんと成人済み。年齢という面では、契約を結ぶことになんら不都合はないはずだ。

それからもう一つ、私が他の契約者とは違う点。二匹と契約していること。

さっきの本にもあったように、普通精霊契約ってのは一度きりなんだ。では、なぜ私が二匹の精霊を従えているかというと……

まあ、大体は予想は付く。本にも、「既《すで》に精霊持ちの人間に精霊は契約を申し出ない」ってあったけど、私の場合、ミーナとティルとはほぼ同時に契約を結んでいるからね。名前を呼んだ順まで考慮すると若干ミーナの方が早いけど、歳の差もクソもない。いわばこの二匹は双子みたいなもの。ミーナの方がほんの少し早く生まれただけの、双子。まとめて契約したんだから、二匹の精霊を連れていても、なんら不思議じゃないよね。

『ミーナとティルに、ちょっと聞きたいことがあるんだけど』

『なあに？』

『何、玲奈』

手を差し伸べると、それぞれ私の体に擦り寄ってきた。ミーナは私の腕に額《ひたい》をこすりつけて、ティルは私の指先に静かに止まる。ああ、モフモフ過ぎて幸せ。

『どうして二人は、私の所に来たの？』

あの、緑の森の中で。

いきなりどこか分からないところにほっぽり出されて、体は縮んでるし、どうしようかって思ってたところに現れた光の玉。それが、ミーナとティルに姿を変えたんだ。

『どうしてって……なんとなく？』

『な、なんとなく？』

ミーナが首を傾《かし》げたため、私は思わず絶句してしまう。まさか、特に理由もないのに私の所に来た挙げ句、契約まで結んじゃったの？

ミーナだけじゃ言葉足らずだと思ったのか、ティルが補足する。

『ミーナと一緒にフラフラしてたら、人間の気配を感じた。あ、この人とは気が合いそうだな、一緒に過ごしたいな、と思って降りてみたら玲奈がいて、名前を付けてくれた。だから契約が成立したの』

『……精霊って、そんな動機で人間と契約しちゃうものなの？』

『けっこう大事なんだよ、合う合わないって。契約前のティルたちは、魂を結びつけるに値する人間以外の目には見えないの』

契約前のティルたち。つまり、あのバスケットボール大の光の玉だった状態のことだね。

私の頭の中を読んだミーナが、にゃん、と肯定する。

『そう。それでミーナはティルと一緒に、玲奈の気配を見つけたの。だから降りていって、玲奈の側にいるのにふさわしい姿になったの』

『それが、猫と鳥だったってこと？』

『そう。猫も鳥も、玲奈が好きな動物だから。玲奈の側で一緒にこの世界で過ごしたいって思えたから』

ティルは小首を傾《かし》げて私を見つめてくる。本当に、可愛い奴め。

『嫌な人だったら、姿は見えないし、契約結ばないし、そもそも最初から近くに行こうとも思わないよ』

『私が異世界人ってことはノーカンなの？』

『別にいいんじゃないの？』

答えるのはミーナ。うにゃーん、と伸びをしつつ鳴いて、私の足元で丸くなる。こうしてみると、ごくごく普通のトラ猫なんだけどな。

『女神様も、異世界人と契約しちゃいけないとは言ってないもの。ミーナとティルは玲奈が気に入ったから、契約したの。ミーナって名前も気に入ったし』

『……そっか』

『この世界のことは気にしすぎなくていいよ。女神様がいいようにしてくれるから。ねぇ、ティル？』

ミーナに続いて、ティルも小さく鳴いて私の指先を甘噛みしてきた。

『そうだよ。……女神様がどうして玲奈を召喚したのか、そこまではティルたちからは言えないけど。いつかきっと女神様にも会えるから』

「え、会えるの？　っていうか私、やっぱり召喚されてたの？」

思わず言葉に出してしまった。ミーナもティルも気にした様子もなく、当然だ、とばかりに頷《うなず》く。

『女神様は、この世界の安定のために頑張ってるんだ。だからきっと、玲奈も理由があって召喚されたんだよ』

『私が？　いや、私に何ができるの？』

『んー……でも、女神様に会うことは難しくないだろうから。ずっと昔にも、玲奈みたいに召喚された人がいたんだし』

そうだ。そうだった。

私は急いで、さっきまで読み進めていた本を改めて開いた。目次を指先で追って、件《くだん》のページを開く。

「約五十年前……あった。『異世界の乙女』」

約五十年前――年号を見る限り、今から五十二年前か――戦乱の続くこの世界に、一人の女性が現れた。女神の力で異世界から呼び出された女性。彼女は、漆黒《しっこく》の髪と漆黒の瞳を持った小柄な女性だった、ってさ。

うーん、これだけ見ても、この女性が地球の日本人っぽいのがなんとなく分かるね。しかもちゃっかり本名まで書いてるよ。ミナミ・ミヤノ……はい、確定。その下にはちゃんと、「宮野《みやの》皆実《みなみ》」と彼女の名前を漢字で書いたバージョンまで載っていた。

戦乱の最中にあったベルフォード王国の王様は、当時たったの二十二歳。勇猛な武将だった父王が戦いの中で亡くなったため取り急ぎ即位して、右も左も分からないまま、敵国の襲撃を受けることになった。

まばゆい光の中に現れたミナミは、絶望に打ちひしがれる若き王に手を差し伸べ、叱咤激励し、手に手を取って戦場に立った。

血なまぐさい戦場にいきなり現れた若い女性に、騎士たちはそりゃあもう狼狽《うろた》えたそうな。でも彼女は必死に彼らを説き伏せ、いかに平和が大切か、戦争がいかに辛いものかを語り続けた。

最初は彼女の言葉に耳を貸す者は少なかったけれど、幼ささえ感じる女性の必死の説得と、若き国王の真剣な表情に、少しずつ事態は変わってきた。当時ベルフォード王国にとって最大の敵だった隣国エスターニャの王も、ついにはミナミの説得に折れた。

何が驚きかって、本当はエスターニャ王も、戦争に対して快《こころよ》く思っていなかったそうなんだ。でも先の国王の代からずっと諍《いさか》いが続いていて、先代からも「打倒ベルフォード王国」の念を刷り込まれていた。戦う理由も分からないままベルフォード王国をはじめとした近隣諸国に戦いを挑んでいた彼だったが、ミナミの説得で目が覚めたという。

最大の敵国と和平を結んだことで、事態は一気に収束に向かった。まだごねる国はあったけど、ベルフォードとエスターニャが手を組んだ以上、立ち向かえる国家は皆無《かいむ》だったんだって。

数ヶ月のうちに世界から戦争の炎は消え去り、そして——ベルフォード国王と異世界の乙女ミナミの婚礼が執り行われた。

ほう……その女性は王様と結婚したんだ。てっきりすぐに地球に帰ったと思ったんだけど。

『異世界人って、この世界に留まることもできるの？』

なんとなく気になって聞いてみたら、二匹とも同時に首を縦に振った。

『できるよ。全く問題ないよ』

『本人がここに残りたいと心から思って女神様にお願いすると、元の世界での時間が進み始めるそうだよ』

『時間が進み始める？』

え、じゃあつまり、今この瞬間も、地球では一秒たりとも時間が進んでないってわけ？

私てっきり、あの日提出期限のレポート、出し損ねたと思ったんだけど。あー、今頃捜索願が出されてるかなー、とか思ってたんだけど！

『そう。女神様の判断が下りない限り、ずっと止まってるよ』

『じゃあ、私が帰りたいって言ったら、帰らせてくれるのね？』

『う～ん。絶対とは言い切れないけど、女神様なら、きっと玲奈の気持ちを尊重してくれるよ』

『そうそう、女神様優しいもん』

確証はないんかい。やっぱり自分で情報を集める必要があるな。——でも女神は、精霊たちにも尊敬されているみたいだね。

……ん？　じゃあミナミがこの世界に残って当時のベルフォード国王と結婚したってことは……？

『今の王家って、日本人の血を引いてるの？』

『そうだよ。今の王様のおばあさんが、異世界の乙女ミナミなんだよ』

さも当然そうにティルが言うけど。

いやいやビックリだよ！　普通に日本人の子孫がいるんじゃない！　しかも王家に！

『当時のベルフォード王は異世界の乙女に心酔してたからね。彼女がいなくなった後も再婚せずに、ずーっと独り身だったらしいよ』

『いなくなった？』

亡くなった、じゃなくて？

慌ててミーナに聞いてみる。ミーナの方はびくっと身を震わせて、『あ、やっちゃった』と呟《つぶや》いた。

さては、失言か。ティルも、つぶらな瞳を細めて咎《とが》めるような眼差《まなざ》しをミーナに向けている。

『ミーナ、口軽すぎ』

『ご、ごめん。……あの、玲奈。実はミナミについては、世間で言われてることとはちょっと、事実が違ってて』

『……ミナミは、地球に帰ったってこと？』

ずばっと聞いてみる。どうせ私の分身みたいな精霊なんだし、遠慮することはないでしょ。

案の定、ミーナは尻尾の先まで項垂《うなだ》れて、ティルはぶわっと体中の毛を膨らませた。

『……そういうこと。今の王様のお父さんたちを産んでしばらくして、ミナミは地球に帰ったんだ。……と言ってもケンカ別れとかじゃないよ。事情があって、旦那さんを説得して、戻ったんだってさ』

やや言いにくそうに、ミーナが説明してくれる。

説得、か。戦乱を収めるほどの話術を持つミナミなら、まあ国王も首を縦に振るしかできないだろうね。

でも、結婚して子どもを産んでから、地球に帰ったのか……何だか妙な気もするな。

『私は聞いたことないけど、一般にはミナミはどうなったって伝わってるの？』

『若くして亡くなったことになってる。急な病で、医者を呼ぶ間もなかったって説明されてる』

『真実を知ってるのはミナミの配偶者である先々代国王と、一部の側近と、あとは女神様くらいだよ。といってももうずーっと前のことだから、知ってる人もだんだん少なくなってきたけどね』

『……ミーナもティルも、私にこのことを言っちゃってよかったの？』

純粋に疑問に思って聞いてみる。

だって、いくら契約者だからといっても世界の重大事項をホイホイ言っちゃダメだろうし。そんなことしてたら精霊持ちの人はみんな、この世界の裏事情を知ってることになるよね？

でも、ティルは首を横に振った。

『玲奈だからいいんだよ。ちょっと話すのが早い気もするけど、ミーナが言っちゃったからしょうがない。それについては、女神様からも色々言われているから』

『玲奈はミナミと同じ世界から来たから、時が来たらむしろ説明してくれって女神様に頼まれてるんだ。あ、玲奈はこのこと、周りの人に言っちゃだめだからね』

『う、うん。了解』

やっぱり私は、腐っても異世界人。この世界でも精霊の間でも、色々と特別対応が為されるわけね。

ふいに、ミーナが三角形の耳をぴんと立てた。ティルも、首を捻《ひね》ってドアの方を見る。

『玲奈、イサークが上がってきた。玲奈の部屋に来るつもりみたいだよ』

『あなたたち、他人の考えてることまで分かるのね』

『玲奈以外の人はぼんやりと、だけどね！』

『ミーナ、それどころじゃない！　玲奈、早く本を隠して！』

お兄様がノックもなしに、ばんとドアを開けて入室してくる。その時、私は何事もなかったかのようにミーナと猫じゃらしで遊んでいた。

二匹が一足先にイサークお兄様の来訪を告げてくれたから、私は後ろめたい書物を見られずに済んだのだ。私は目を丸くしてお兄様を見上げた。

「あら……お兄様、どうなさったのですか？」

「……精霊だという割には、普通の猫みたいな奴だな」

イサークお兄様はまず、ミーナの方に視線を向けてきた。それを受けて、ミーナはフシュッと鼻を鳴らす。

『普通の猫みたいで悪かったね！　ミーナ、この子やっぱり気に入らない！』

『仲よくしようよ、ミーナ』

不満を隠そうともしないミーナを、頭上からティルが宥《なだ》めている。やっぱりこの二匹、性格が違っていい感じにバランスが取れているんだな。

「お兄様……お願いですからノックだけはしてください」

「なんでだ」

お兄様は私の方に視線を動かした。にっこり笑えばすごく可愛い顔をしているのに、もったいない。

「だって、今はミーナと遊んでいたからいいですけど、着替えてる時にお兄様に入って来られたら困りますもの」

「お、俺は別におまえが着替えていようと気にしないぞっ」

そう強気に言いつつも、明らかに動揺しているお兄様。そりゃそうだよね。いくら自分より歳下とはいえ、元々赤の他人だし。物言いなんかも私はそこらの十歳児よりずっと大人びているしね。

というか、こういう場面では「見る側」がどう思うかは関係ないの。「見られる側」の気持ちになれってことだよ、お兄様。

お兄様は私の必殺うるうる光線に耐えられなかったのか、チッと舌打ちしてそっぽを向く。

「……もうすぐお茶の時間だ。母上が呼んでいらっしゃる。仕度をして降りてこい！」

「はい、お兄様」

そう言って、花が綻《ほころ》ぶような笑みを意識して浮かべる。我ながらこの顔は、決して美少女じゃないと自覚している。まあ、髪も短いし「ボウズ」って間違われるくらいだから諦めきってるんだけど。

それでも、イサークお兄様には効いたようだ。お兄様は頬を赤くすると、「すぐにだぞ！」と言い捨ててさっさと出て行ってしまった。ふふふ、お兄様を攻略できる日も、そう遠くないのかもしれないな。


家族で食卓を囲んでの夕食。こういう光景は、地球にいた頃とほとんど同じだ。

私が引き取られたフェスティーユ家は由緒《ゆいしょ》正しい子爵家だけど、お父様もお母様も、庶民の家庭のように家族揃って食事をすることが好きなんだそうだ。まあ、お母様は元庶民だから当然と言えば当然なんだろうけど。

こちらの食事は、地球で言うとフレンチ系の料理が多い。主食は小麦粉系のもので、たいていパスタやパンが出てくる。そのパンもお母様こだわりの石釜焼きらしくって、いつも出来たてを頬張ることができる。お母様、やっぱりすごいな。

「今日はアニエスに連れられて町に出たそうだな」

お父様が私に話題を振ってきた。お父様は大柄だから、食べる量も多い。現に、小皿に取り分けられた食事は隣に座るお母様のそれに比べ、二倍近い多さだ。

私はナイフとフォークを置いて、こっくりと頷《うなず》いた。

「はい。珍しいものがたくさんあって、ついつい目移りしてしまいました」

「でもこの子、騎士を連れて散策したいと言うだけで、これといって欲しい物もなかったそうなのですよ」

お母様が少しだけ困ったように言うので、思わずドキッとする。

家族の手前、大人しいフリをしていたけれど、本当はミーナたちの手を借りて勝手に自由行動していたんだよね。お付きの騎士たちを撒《ま》いて。

昼間みんなを騙《だま》したことは、私の胸の奥でしこりとなっていた。今になって罪悪感が半端《はんぱ》ない。

でも、いまさら「実は〜」なんて言える状況でもないから、私は曖昧《あいまい》に笑ってお母様を見上げる。

「いえ、町を歩けただけで、とても楽しかったです」

「だがレーナ、君は最近部屋に籠《こ》もって計算ばかりしているようじゃないか」

ぎょえっ！　お父様、気づいてたのですか！

……いや、そりゃばれるわな。イサークお兄様が持っていた参考書を元に、色々自主学習していたんだ。きっとメイドさんたちが部屋の掃除をする時にゴミ箱から計算式が書き込まれたちり紙でも発見したんだろう。これは言い逃れできない。メイドさんだって、十歳児が妙に小難しい計算をしてたらそりゃ、不安になって主人に報告するよね、うん。

案の定、お父様の言葉を聞いて真っ先に反応したのはイサークお兄様だった。それまでは我関せず、といった様子で鴨肉《かもにく》ソテーをつついていたお兄様は、さっと私の方に視線を向けた。

とてもじゃないが、好意的とは言えない眼差《まなざ》し。晴れ渡った空のような深い青の目が、私を射抜く。

お兄様の視線に気づかないふりをしつつ、私は自然な笑みを繕《つくろ》う。

「はい、知的好奇心と言いましょうか、特に算術に興味があって……」

「まあ、それじゃあ将来は学者さんかしら？」

両手を重ね合わせて、お母様が朗《ほが》らかに言う。能天気とも取れるその様子に、お父様は目を瞠《みは》ったけれど、お母様にちらと目線を送られて、何事もなかったかのように食事を再開した。余計なことを言うな、ってことだろうか。

私はお母様の機転に感謝しつつ、いそいそとナイフとフォークを取って鴨肉《かもにく》を切り分けた。その間も、イサークお兄様の視線はぶすぶすと私の側頭部に突き刺さっていた。

＊＊＊

フェスティーユ子爵家に引き取られて、早一ヶ月以上経《た》ちました。

私は日中、屋敷で過ごすことが多い。イサークお兄様は国立の学校に通っているから、日の高いうちは不在にしている。ちなみにこの国では義務教育制度はない。ある程度の歳になった貴族の子息は家庭教師を付けるか、国立の学校に通うかして勉強するそうだ。たいていは十二歳くらいから始めるので、推定十歳の私はまだスルーされていた。

お父様は私をいろんな所で見せびらかしたいらしくて、パーティーがあるたびに引っ張り出されていた。お客様たちもフェスティーユ子爵が拾ったという養女に興味津々《きょうみしんしん》で、遠巻きながら私の方をちらちらと観察してくることが多かった。

日本での私は動きやすさ第一、洗濯のしやすさ第二の服ばかりを好んで着ていた。当然、スカートよりもズボン派。暑い日はスカートを穿《は》くこともあったけど、その場合も綿百パーセントの硬質素材だ。フレアスカート？　チュールスカート？　なにそれおいしいの？

でもここでの私は、フェスティーユ子爵令嬢。ズボンを穿くなんてとんでもないと言われたし、確かに子爵家令嬢がズボンなんて穿いてたらお父様の沽券《こけん》にも関わるよね。

というわけで私はいつも、上質素材のスカートドレスを着ているのだ。心は二十歳でも見た目は十歳なのだから、気にしない気にしない。

……お母様が超絶フリッフリのスカートを持ってきて、「絶対似合うから！」ときらっきらの眼差《まなざ》しで勧めてきた時も、ちゃんと着ました。ええ、気にしない気にしない。

私はぽかぽかと日当たりのいい窓際に椅子とテーブルを引っぱってきて、のんびりと読書タイムを満喫していた。読んでいるのはもちろん、この前本屋で買ってきた本たちだ。

お母様お手製のクッションでくつろぐ精霊たちを見やり、私は窓の外に視線を動かした。

今のところ、一番の危険人物はイサークお兄様だ。お父様とお母様はどっちかというと事なかれ主義で、私のことも異様に賢いだけのただの十歳児と見なしてくれる。ぽろっと難しいことを言ってしまった時も、「さすがレーナは賢い子だ！」で全部スルーしてくれるからありがたい。

その分、お兄様は厄介《やっかい》だ。私の物言いや態度なんかにいちいち突っ掛かる——いや、よくよく考えてみれば当然の対応をしてくる。

以前の夕食の時だってそうだ。私が自分の部屋で小難しい算術の練習をしていることに一番過敏《かびん》に反応したのも、お兄様だった。お父様たちはある程度察して触れないでいてくれてるのかもしれないけど、お兄様はむき出しの不信感を真《ま》っ直《す》ぐにぶつけてくる。子どもとしては当然の反応だ。

それに、いちいち私のことを褒《ほ》めてくれる両親にも苛立《いらだ》ってるんだろう。当たり前なんだけど、私の方が圧倒的にお兄様より出来がいいから。

中身二十歳の成人女性と中学一年生相当の男子なんだから、知識に差があるのは言わずもがなだ。でもこの家での私は、どこの馬の骨かも分からないような身分不明の十歳の少女。お兄様としては、おもしろくないことばかりに違いない。

だから私は、お兄様不在の日中に計算練習だの読書だのを済ませるようにしている。そして日が暮れる頃には、それら一式を全てクローゼットの奥に隠しておく。板と板との間にいい感じの隙間があるから、そこに本やら紙やらを入れて、上からカーテンで覆《おお》い隠す。ここなら、普段よくクローゼットを開け閉めするメイドさんも気づかないだろう。気づいたとしても、お兄様の耳に届かなければよしとする。

今日も一通りの勉強が終わった後、私はいつもの隠し場所に書記官セットを入れてカーテンを引いておいた。クローゼットの扉を閉めて、ふうっと息をつく。

まだだ。今はまだ、お父様たちには言えない。

たかが十歳の私が書記官試験を受けたいと思った理由をきちんと準備して、承諾をもらって、それから登用試験を受けなければ。お父様たちの助力なく試験を受けることはできないのだから。

要項の隅々まで目を通したけれど、幸いにも受験者の年齢や身分制限は記載されていなかった。才能があれば老若男女《ろうにゃくなんにょ》問わないよ、ってところだろうか。私にとっては有り難い限りだ。

とにかく、万全の準備をしないと、お父様たちの協力を得ることは難しい。

私はそう決意して、クローゼットに背を向けた。

――まさか、この日からわずか五日後に、その決意を砕かれることになるなんて、思いもしなかった。

＊＊＊

今日は、朝から曇天《どんてん》だった。

お兄様たちが屋敷を出る頃から重苦しい灰色の雲が空中を埋め尽くしていたけれど、昼前には耐えきれなかったかのようにぽつぽつと大粒の雨粒が降り注いできて、お昼過ぎには鼓膜に響くほどの土砂《どしゃ》降りになった。

私はその日、昼前から屋敷を出ていた。近所にお母様の友人がいて、ちょっと体調の悪いお母様の代わりにお届け物をしていたのだ。

来た時にはぱらぱらと小粒だった雨が、帰る頃になると本気を出してきて、しばらくはその家で雨宿りさせてもらう。でも「この様子だとやみそうにないわ」とおっしゃる奥様に同意した私は、雨がざあざあ降る中、馬車を駆らせて屋敷に戻った。

御者台《ぎょしゃだい》でもろに雨を被《かぶ》ってしまう御者さんには申し訳ないけれど、確かにこの勢いだと明け方まで降りやみそうになかったのだ。

家に帰った頃には、馬車を曳《ひ》いてくれた馬はもちろん、御者《ぎょしゃ》さんもびしょ濡れでがたがた震えている。御者《ぎょしゃ》さんが馬車を片付けに行くのを見送り、私は玄関ポーチに上がって——そのままの姿勢で凍り付いてしまった。

「——帰ったな」

……あれ？　どうして？

「俺がいるのが、そんなに不思議か」

ふん、と鼻で笑われる。いや、そりゃあ不思議だけど。

横殴りの雨は、ポーチの下にいる私の服にも容赦なく、雨粒をぶちまけてくる。でも、そんなことには全く意識が向かなかった。

私は奥様が持たせてくれたお土産を抱えたまま、呆然とポーチに突っ立っていた。

玄関にイサークお兄様がいる。確かにそのことはビックリだ。いつもならお兄様が帰ってくるのは夕方過ぎ。今はまだ午後三時程度。帰ってくるには早すぎる。

お兄様は私の疑問を感じ取ったのか、小鼻に皺《しわ》を寄せて心底嫌そうに言った。

「……今日は天候が悪いから、最後の講義が中止になった。おかげで全員早く帰ることができた」

「そ、そうなのですね。お帰りなさいませ、お兄さ……」

言葉は途中で尻すぼみになってしまう。

お兄様がこの時間に帰ってきたことには、確かに驚いた。でも、それ以上に私を混乱させ、そして震え上がらせたものが、別にあった。

ポーチに悠然と立つお兄様。その腕に抱えられた、見覚えのある物体。

「……お兄様、それは……」

「話は中で聞く」

お兄様はそれだけ言って、腕の中の物体――私がクローゼットの中に隠していた書記官勉強セット――を抱え直し、こちらにくるりと背中を向けた。

遠くで、雷が鳴っている。

すぐにはお兄様の後を付いていけず、私はただただ呆然と、ポーチに立ち竦《すく》むしかできなかった。

何がやばいって？

書記官試験対策本が見られたこと？　うん、それも相当やばい。だって内容からして、十歳児が読むもんじゃないから。

せっせと数式を書き連《つら》ねた計算用紙？　……うん、それを見られたのも痛手だ。私がいかに異質な存在であるか、知らしめるようなものだからね。

でも、実は。そういったものよりももっと、見られちゃやばいものがあったんだよ。

私の脳みそが十歳児レベルじゃないってことがばれるよりも、さらに厄介《やっかい》なことになるものを、始末していなかったんだよ。


「……説明してもらおうか」

ぱたん、と無情に閉まるドア。しっかり鍵を掛けた後、ゆっくり振り返るイサークお兄様。もともとあまり機嫌のいい顔は見られない兄だけど、今日はいつも以上に顔が怖い。不機嫌じゃなくて、本当に怖い顔だ。

私はお兄様に示されたソファに腰掛けて、じっと彼の行動を待っていた。ここは、お兄様の自室。入るのは初めてだけど、今は部屋の装飾とか調度品とか、そういうのに気を配る余裕はない。

お兄様はソファにゆっくり歩み寄って、目の前のテーブルに手を突いた。そこに広げられているのは、私がクローゼットの隙間に隠していた品々だ。

「……これらについてな」

「勝手に見たのですか」

咎《とが》めるような響きではなく、確認するように聞いてみる。ここでお兄様に対して逆ギレするのはお門違《かどちが》いだ。ただ、勝手に部屋に侵入して私物を漁《あさ》ったことへの抗議の意だけは表しておきたかった。

でもお兄様は私の台詞《せりふ》にも不満そうに鼻を鳴らしただけだった。

「何が悪い？　メイドが言っていた。おまえは常々、そのクローゼットに何かを隠しているようだと」

やっぱりメイドさんが告げ口したのか。まあ、その彼女を恨むのは筋違いだろうけど。

ぽっと出の怪しい養女が怪しい行動をしていたら主人に報告をする。その判断は、恨めしいけれど正しい。

そして主人の家族であるイサークにも、私を調べ上げる権利がある。

「前々から、おまえは実に怪しい奴だった。言うこともすることも、おかしい。だから俺なりに調査したんだ。……おまえが父上や母上を誑《たぶら》かす悪魔なのかどうか」

「何を……！」

思わず私の口から声が漏れる。でも、言ってしまってから気づいた。

お兄様……いや、イサーク・フェスティーユはこのことを一番案じていたんだ。私がフェスティーユ家に取り入ったスパイなのではないかと。そうして子爵夫妻を懐柔《かいじゅう》して、内側から崩壊させようとしているのではないか、と。

馬鹿げている、と言いたい。でも、イサークからすれば当然の疑念だろう。

私は唇を噛み、イサークの指先を目で追った。遠くの方でまた、雷が鳴るのが聞こえる。

「……メイドに捜索させたのだが、まあ色々見つかるものだ。……書記官、な」

そう言ってイサークは、ひょいと厚めの本を手に取る。立派な装丁のそれは、本屋の店員に選んでもらった書記官についての本だった。

「十歳のおまえが書記官……前代未聞《ぜんだいみもん》だ。元は父上に拾われただけの孤児だというのに、書記官についての情報を集める？　不審極まりない」

そして、とイサークはその脇に無造作に散らかしていた紙の束を取る。

「それで、おまえはこうして計算練習をしていたのか……見ただけでゾッとする。おまえ、これを自分一人で解いていたというのか……？」

最後の方は、私に聞くというよりは自分で自分に問うているかのようだった。その目に、ほんの少しだけ羨《うらや》むような、純粋に驚いているような光が宿る。

それから、私の方に怪訝《けげん》な目を向けた後、イサークは別の紙に手を伸ばした。

ずきん、と胸が痛む。

それは、私が見られたら一番まずいと思っていたもの。

今になって早めに処分しなかったことを……いや、そんなものを書いてしまったことを悔やんでいるもの。

「……これらは、まだいい。問題は、こちらだ」

そう言って、指先で摘んだその紙をゆっくりと、こちらに向けてくる。私は思わず、目を背けてしまう。

「……おまえ、なぜこれを『書ける』？」

イサークの声は、遠雷《えんらい》の音よりもはっきりと、私の胸に突き刺さってきた。

この世界の言語は、ハングルみたいで分かりやすい。だから、最初から音読能力だけ備わっていた私は、さして苦労することなく読み書きができるようになった。

でも、習いたての言語では、表せることは限られる。この世界のことはまだまだ分からないことが多い。初めて見聞きしたことなら、なおさらだ。

だから私は――

「……この文字を人はこう呼ぶ。『神の御文字《みもじ》』と」

イサークの声は、妙にゆったりと落ち着いている。

「五十年以上前に降臨した異世界の乙女――彼女は、俺たちが知り得ない異世界の知識を持っていた。そしてそれをこの世に広めてくれた」

歌うように、イサークは言う。私も聞いたことがある、異世界の乙女ミナミの伝説の一部だ。

「乙女は若くしてこの世を去ったが……彼女の死後、直筆の書類が多く見つかった」

そう、彼女の国の言葉で綴《つづ》られた書類が。

「それは、我々には判読できない文字列……どれほど分析しても、一向に読み進めることができなかった。『神の御文字』の中で唯一読みが判明しているのは、異世界の乙女――ミナミ・ミヤノの名前だけ」

私が本屋で買った本にも載っていた、漢字で書かれたサインのことか。

「それ以外の言語は全て判読不能のまま、模写だけが広く伝えられていた。俺たちが使う教科書にも、彼女が記した『神の御文字』の模写が載っていた。だからこれを見た時、すぐ分かった」

イサークは、ずいと私の鼻先までその紙を突き付けた。

「……なぜ、おまえは教科書で見たものとそっくりな言語を、書くことができる？　なぜ、おまえは『神の御文字』を使っている？」

なぜ、なぜなんだ。

イサークの目はぎらつき、答えを聞くまで逃がすまいと私を睨《ね》め付けている。

そう、これだ。私が一番知られたくなかったもの。

私が「神の御文字」――いや、日本語で書いた、自分用のメモ。覚え書き用にと、慣れ親しんだ文字で書いていた単語の羅列。

この世界の人間には書くことができない、日本語を。

私は眼球だけ動かして、そっとイサークの顔を窺《うかが》った。その目に、口元に、笑みはない。

「イサー……」

「……おまえは、何者だ？」

私の声は、掠れたイサークの声にかき消される。

「おまえは、異世界のお――」

「違う！」

私が叫ぶと同時に、凄《すさ》まじい轟音《ごうおん》が鳴り響いた。

相当近くで落ちたんだろう、別の部屋から、双子たちの泣き声が聞こえる。

イサークは雷鳴と下の子たちの悲鳴に一瞬だけ怯《ひる》んだみたいだけど、すぐさっきと同じように目を吊り上げて、私に詰め寄る。

「じゃあ、何なんだ！　おまえは、何の目的でうちに潜《もぐ》り込んできた！」

「目的なんてない！　私の方が聞きたいくらいなんだから！」

「そんなの知ったことじゃない！　おまえは何もかもおかしいんだ！」

イサークは私のメモ書きを放り出し、怒りを込めてテーブルをばしんと叩いた。本が、紙束が、宙を舞う。

顔を真っ赤にして、イサークは激昂《げっこう》する。これまでの鬱憤《うっぷん》も恨みも妬《ねた》みも、全て吐き出して私に叩きつけるかのように。

「最初から、俺はおまえが鬱陶《うっとう》しかったんだ！　いきなりぽっと出てきたのにみんなに認められて、俺から父上や母上を奪って！　なんでもできるし、なんでも許される！　これ以上何を望むんだ！　書記官になって、俺を蹴落とそうってのか！　フェスティーユ子爵家を乗っ取って、俺たちを破滅させようというのか！」

「そんな……」

言い返そうとして、ぐっと言葉を堪《こら》える。言いたいことは山程あるけど、でも、イサークの言葉で分かったことがある。

私は、彼からたくさんのものを奪ってしまった。そして、これから先も彼からたくさんのものを奪う可能性がある。

私自身が気づかないうちに、私はイサークを――ううん、この家を、狂わせている――

ぐらり、と目の前が歪《ゆが》んだようだった。

私は、この世界での異分子だ。もちろん、このフェスティーユ家にとっても、私は所詮、異端者なんだ。

私は、みんなの優しさに甘えていた。この家に来てからなんでも許されて、なんでも認められていたから。

そして、知らないところで、イサークを、傷つけていた――

イサークは私の顔から表情が消えたことに気づいたのか、ふいっとそっぽを向いた。手早く足元に散らばったものをまとめてテーブルに重ねる。

「……父上たちには、俺の方から話しておく」

イサークの言葉に、私はゆっくり顔を上げた。

「書記官にでもなんでも、なっちまえ」

そうして乱暴な手つきでそれらを私の胸に押しつけ、ぐいと乱暴に立たせる。私は大人しく彼に従って、怒鳴られる前に自分から部屋を出た。

腕の中の本が、紙が、すごく重たい。まだ乾ききっていない服の水気が、太ももに張り付いている。

外は、まだ嵐だった。

イサークは、自分の口からお父様たちに説明すると言っていた。それはそれで、彼に任せようと思う。ここで私が出しゃばれば、余計に彼を怒らせることになるだろうから。

でも、私の口からもきちんと伝えなければ。別に、彼があることないことをお父様たちに吹き込むのを恐れたわけじゃない。自分のことは、最終的には自分が管理すべきだから。

夜も更《ふ》けると、嵐は幾分収まっていた。それでも窓ガラスにはビシビシと大粒の雨粒が叩きつけられていて、窓の外の草木も幹をしならせて暴風に耐えている。

私は隣の部屋にイサークが戻ってきたのを確認して、そっと自室を出た。夕食の時の養父母の様子はいつもと変わりなかったから、きっと食後に話をしたのだろう。

私は廊下を曲がった先にある養父母の部屋を訪れた。そこは今まで一度も入ったことのない部屋のひとつだ。そっとノックすると、「レーナか?」と穏やかなお父様の声がした。きっと、私が来るのを予想していたんだろう。

「はい、お邪魔してもいいですか」

「入りなさい」

お父様の声は落ち着いている。私はそっと、ドアを開けた。

子ども部屋とそれほど面積に違いはない。全体的に落ち着いた木目調のシックな雰囲気で、養父母の性格をそのまま表しているかのようだった。今ぼんやり思い出してみれば、夕方に訪れたイサークの部屋は、全体的に青っぽい色をしていたと思う。これも、彼らしいというか。

二人は、暖炉《だんろ》の前のソファにゆったりと腰掛けていた。仲よさそうに寄り添って、私が入ってくるのを静かに見つめている。

――仲睦《なかむつ》まじげな養父母の姿を、今は見るのが辛い。

「こっちに来なさい、レーナ。そろそろ来る頃だと思っていたんだ」

「お邪魔します」

「お茶を淹《い》れるわ、レーナ」

お母様がすっと立ち上がって、手早くカップボードでお茶の準備をする。周りにメイドさんの姿は、ない。遅いので当然といえば当然かもしれないけど。

私は一人掛けのソファに座って、お母様が紅茶を注いでくれるのをじっと見つめていた。お母様が淹れるお茶は、本当に美味しい。同じ茶葉を使っているのに、私はどうもうまくできない。まあ、地球ではティーバッグくらいしか使っていなかったからね。茶葉から茶を抽出するなんて、私は経験したことがなかった。

ことり、と目の前のテーブルに紅茶が置かれる。濃いマゼンタ色の水面には、我ながら不気味なほど無表情な自分の顔が、歪《ゆが》んで映っていた。

「……イサークから話は聞いたよ」

お父様が切り出す。お母様がその隣に座って、真《ま》っ直《す》ぐ私を見据《みす》えてくる。

「レーナ、君は十歳児とは思えないほど卓越した算術の知識を持ち合わせているようだ。そのことは薄々私たちも気づいていたが、私たちが想像するよりも遥かに上の段階まで君が上りつめていることを、今日知った」

私は頷《うなず》く。お父様の話しぶりが今までと違って堅苦しく、小難しくなっているように感じるのは、きっと気のせいじゃないだろう。

「山脈の麓《ふもと》で初めて君を拾った時から、なんとなく訳ありだろうとは思っていた。君を養女に迎えてからも、その頭脳と所作、言動には驚かされっぱなしだった。十歳の少女ではなく、大人の女性と接しているかのように感じられることも度々あった」

……やっぱり、お父様たちも薄々感じてたんだね。イサークと違って、それを表に出さなかっただけで。

「だが我々は、それも君の個性だと思っている。君が大人びているのも、君らしさの証拠。だから何も問うまいと、そう夫婦で決めていたんだ」

思わず、鼻の奥がツンと痛くなる。

お父様たちは、分かっていて、聞かないでいてくれたんだ。

私の不思議な行動も、私の個性、私らしさなんだと思って——

「レーナ、あなたは……書記官になりたいのね」

そっと、お母様に聞かれる。うーん、それは私の口から言いたかったけれど、お母様に先を越されてしまった。仕方ない。きっとイサークが既《すで》にあれこれ喋《しゃべ》ってるんだろうし。

私は腹を括《くく》って、ぴっと背筋を伸ばした。

「……はい。もうじき行われる書記官登用試験を受験して、書記官になります。そして書記部で、私にできることをしてみたいのです」

本当の狙いは書記官なら誰でも閲覧可能だという「異世界の乙女」についての書物だけれど、それはまだ言えない。ミーナたちからある程度聞いているとはいえ、私はミナミ・ミヤノについて知らなさすぎる。もっと、勉強しないといけない。

元の世界に、戻るために。

私の言葉を聞くと、ふむ、とお父様は腕を組んでソファの背もたれに深く身を預ける。

「イサークも、君の才能について口にしていた。書記官になるだけの力があるだろうと、言っていたよ」

「……イサークお兄様には本当に、頭が上がりません」

つきんと痛む胸に手を当てつつ、私は平静を装《よそお》う。

イサークは両親の手前、きっとオブラートに包んで事の次第を伝えたんだろうけれど、彼の本心は変わらない。私にこの家から出ていってほしいんだ。

だから私は、レーナ・フェスティーユでいてはいけない。私の都合でこれ以上、フェスティーユ家のみんなを混乱させてはいけない。

所詮私は、異世界人だから。

「……あの、お父様、お母様。お願いがあるのですが――」

嵐は、いつの間にか過ぎ去っていた。

＊＊＊

ベルフォード王国王都、エルシュタイン。かつては要塞《ようさい》都市であり、人々の活気など皆無《かいむ》だったこの町も、五十二年前に終局を迎えた戦乱以降は緩《ゆる》やかに栄え、華やかな文化を発信する商業都市に成長した。

エルシュタインは元々人の往来が活発な地域で、国内外から人々がやってくる。しかし本日は、とあるイベントが行われることもあり、普段とはまた様相の違う人々が城下町の門をくぐっていた。

町の人々はそんな外来者に対しても愛想を振りまき、商売根性を存分に発揮している。


「さあ、エルシュタインに来たなら、まずはこの品物を見ていきな！」

「名物カリールの砂糖漬け！　カリールってのは高地に咲く紫色の小花で……」

「お兄さん！　登用試験に行く前に腹ごしらえしておいきよ！」

「試験時に使う用具で忘れ物があれば、うちで買っていきな！　どこよりも安くしておくぜ！」

「……さすが商売人」

そんな大通りの喧騒《けんそう》を、私は馬車の中からこっそり窺《うかが》っていた。窓には分厚いカーテンが引かれているので、その隙間から目だけを覗《のぞ》かせて観察する。そうしないと、動いている馬車にまで商売人が飛びついてきそうな勢いだったんだ。馬に蹴られたら、痛いじゃ済まないぞ。

ぱっと見た感じ、商人たちは、私と同じように登用試験のために王都にやってきた人を狙って声をかけているみたいだ。わざわざ馬車の窓にしがみついてまでして売り込んでいる人もいるから、間違いないだろう。

「登用試験なんかがある日は、やっぱりカモを探しに寄ってくるんでしょうかね」

「まあ、お上《のぼ》りさんなんかは商人にとって格好の的だよな」

御者台《ぎょしゃだい》の若い男性御者が、慣れたように言う。フェスティーユ子爵領で雇った彼だが、エルシュタインにはもう何十回も来ているらしくて、これくらいの喧騒《けんそう》は屁でもないそうだ。大通りにいる人たちをはねたり他の馬車にぶつかったりしないよう、見事な手綱《たづな》捌《さば》きで馬車を操っていく。

「登用試験に来る多くの受験者は、金を持ってるし頭もいいんだが、商売人とのやりとりってのにはどうしても疎《うと》い。巧みな口上で捲《まく》し立てられて、気がついたらべらぼうな値段で安物を握らされることも多いんだ」

「……それって正当な営業方法なの？」

なんとなく、中学校の修学旅行を思い出す。あの時も、知らない土地での自由行動にはしゃいでいた同級生数名は、見事にカモられていた。どう見ても数百円程度の腕時計を、野口さん一枚で買わされていたっけ。後で先生に呆れられてたけど、本人は「八千円のところを千円にまけてくれたんだ！　得した！」と最後までお花畑だった。今どうしているか知らないが、強くあれよ、四組の畑中《はたなか》君。

懐《なつ》かしさを覚えつつ聞いてみると、彼は肩を竦《すく》めた。

「正当か……と聞かれたら返答に困るんだが、違法ではない。まあ、言ってしまえば客の方の不注意だな」

騙《だま》す方もアレだけど、騙される方が一番情けない、ってやつね。この辺の感覚は異世界でも同じようだな、ふむ。

「ボウズもエルシュタインは初めてなんだろう？　スリと商人には気をつけなよ」

御者《ぎょしゃ》に明るく言われ、私は曖昧《あいまい》に微笑んでカーテンを閉めた。

そう、今の私は「ボウズ」だ。いつぞやのように間違われたわけじゃない。正真正銘、「ボウズ」なんだ。

といっても、性転換したわけじゃないぞ。体は少女そのままだぞ。男のアレは付いていないぞ。ただ単に、登用試験用の書類に「レン・クロード、十歳、男」と書いただけだ。

そう、私は書記官登用試験を受ける際、名前と性別を偽《いつわ》ることにした。

レーナ・フェスティーユという名前自体が偽名である手前、新たな名前を偽名って呼ぶのも何だか妙な気がするんだけど、私は養父母に少年として届けを出してもらうようお願いしたんだ。

それは、「レーナ・フェスティーユ」という架空の人物を子爵家に閉じこめて、実際の私は「レン・クロード」という少年として屋敷を出るため。

レーナが書記官になってしまえば、その異常性がさらに際立つ。私を受け入れてくれた子爵家の皆まで周囲から奇異の目を向けられることになるだろう。私は、私の目的のために皆に迷惑を掛けたくない。

お父様もお母様も、この件に関してはさすがに渋い顔をしていたけれど、最後には折れてくれた。少女よりも少年の姿の方が、王都で安全に過ごせるはずだという私の主張と説得に、納得せざるを得なかったようだ。

養父母と話をして分かったのは、イサークが私がバラされるのを一番恐れていた情報を両親に話さなかった、ってこと。

イサークは、書記官についてしか話してなかった。私は全てが終わることも覚悟していたから拍子抜けしたけど、あれはひょっとしたら兄の最後の情けだったのかもしれない。もしくは、イサークの方も不確定要素を口にするのを躊躇《ためら》ったのかも。

フェスティーユ子爵領はお父様が管理しているので、「レン・クロード」という架空の少年を生み出すのは容易《たやす》かった。フェスティーユ子爵領辺境の町で暮らしていた少年、となんとも便利な嘘肩書きを添えて、私の戸籍はできあがった。もちろん、混乱を防ぐために「レーナ・フェスティーユ」の籍も残しておく。こちらは体調が優れなくて自宅療養中って貴族らしい理由でいくらでも言い訳できる。女の子の体調についてみだりに聞くような無礼者は、そうそういないしね。

幼くてまだ事情が理解できないレックスとミディアには、「お姉様はしばらくの間、お家を離れるから」と伝えておいた。細かい事情についてはいずれ、お母様たちの口から話してくださるそうだ。

イサークとは、結局あれからろくに口を利かなかった。イサークの方が私を避けていたし、この状況だと無理に会話の場を持とうとするのは得策ではないと思ったから。当然、私が出発する時の見送りにも、イサークは顔を出さなかった。

そして今、私は少年の格好で試験会場に向かっている。傍らには最低限の衣類と勉強用の本、日用雑貨とわずかなお小遣いのみ。

出発の際、お父様は「書記官になるまでレン・クロードは戻ってくるな」と言った。その言葉に込められた意味は、つまり「レーナ・フェスティーユ」としてなら、いつでも戻ってきてもいいということだ。返事をしながら、すぐに気づいた。

でも私は、どちらの姿でも自分が納得するまで家に帰るつもりはない。それが私なりの、家族への誠意だ。

『……不安なの？』

脳裏に静かな声が響く。これはティルの方だ。

今は御者《ぎょしゃ》が近くにいるから、二匹には心の奥に隠れてもらっている。それでも道中で寂しくなると、こうして脳内お喋《しゃべ》り相手になってくれていた。

『玲奈、不安そう。大丈夫？』

『大丈夫だよ、それに試験会場では本当にひとりぼっちだから』

私はそう返しておいた。

精霊持ちがちらほらいるベルフォード王国では、彼らに対して試験などで特別措置を取る必要がある。

受験者の中には、精霊を通してカンニングしようって輩《やから》が出かねないからね。そのため受験者は試験中、特殊な構造の腕輪を着けることになっているらしい。精霊持ちでもそうでなくても、全員だ。これを着けていることが受験資格のひとつでもあって、装着している間は精霊との交信が一切遮断《しゃだん》されるんだという。精霊の力が弱まるとかどこかに閉じこめているわけじゃなくて、ただ単に会話ができなくなるだけ。意識すると、存在だけはきちんと確認できるらしい。よく分からないけど、精霊が嫌う鉱物を加工してできたアイテムなんだってさ。

私は計算用紙の束を胸に抱えた。

大丈夫。きっと大丈夫だ。

屋敷でも馬車の中でも、しっかり勉強してきたんだ。もう五十音表みたいなのを見なくたって、字を読むことはできる。……普通の人よりも時間は掛かるけど。

だから……大丈夫だ。


馬車が停《と》まったのは、町の外れにある箱型の建物の前だった。白塗りで、出入り口の他には窓があるだけの、余計な装飾がないシンプルな建物。

今回の試験会場であるその建物の前には、私たちのもの以外にもたくさんの馬車が停《と》まっていた。中には徒歩で訪れたらしい人もいるが、そういう人は早めに来て、近くの宿で一泊してきたのかもね。

「しかし……こうして見ると、やっぱりボウズが一番若いよな」

馬を厩舎《きゅうしゃ》に繋《つな》ぎつつ、御者《ぎょしゃ》がしみじみと言う。うん、まあ若いというか、おガキ様だよね。日本だとランドセル背負って学校帰りにみんなでゲームでもしているような歳だもん。

馬車から降りて周囲を見回してみると、やっぱりというか、私の存在は人目を引いているようだ。ざっと見て、男女比は男八、女二ってところか。書記部は男所帯みたいだね。でもって年齢層は二十代くらいが一番多くって、最年長は四十代くらいかな。

そんな集団で十歳いくかいかないかの年齢の私は、そりゃもう、目立つよね。いろんな意味で皆さん、好奇の眼差《まなざ》しを向けてきている。好意的なものから敵意バリッバリのものまで、その種類は多種多様だ。

私はここまで乗せてくれた御者《ぎょしゃ》に礼を言って小銭を渡す。ここらではチップを払うのはわりと当たり前なのだそうだ。

そして試験会場を正面から見上げた。うーん、見事な立方体。おっと、武者震《むしゃぶる》いが――

「どけよ、チビ」

野太い声と共に、後ろからど突かれた。不意打ちだったし、体格差も手伝って、見事前方にすってんころりんする私。

なんとか地面にキスすることだけは避けられたけど、こりゃあ背中に痣《あざ》ができたぞ。今晩確認してみよう。

振り返るとやっぱりというか、ごついお兄さん数名が、にたにた笑いながら通り過ぎていくところだった。嫌だな、ああいうの。どけよって言ってたけど、別に私は道をふさいでたわけじゃないし、早く並んだからといって、早く会場に入れるわけでもないのに。

お兄さんたちは私がぶち切れると思ってたのか、私が平然と頭を下げると毒気を抜かれたような顔をする。ちょっとだけ不満げに悪態をつくと、すぐに先へ行ってしまった。ふう、世渡りってのは大事だね、本当。

それからは、私に話しかける人はいなかった。というか、みんな自分のことで精一杯なんだろう。ブツブツ数字を呟《つぶや》いている人や、手の平サイズのメモ用紙にひたすら何かを書き込んでいる人とか、受かるためにそれぞれ必死だ。そりゃそうだろう、さっき聞いた話だと、今回の倍率はなんと二十倍超えだとか。どこの有名大学入試だよ。

入り口には係員が何人かいた。受験者が持っている番号札を確認して中に通しているみたいだ。

おっと、私の札は……ポケットの中だな。六十七番。よしオッケー。

列に並んで札を渡すと、係員の女性は私を興味深げに見てきた。

「レン・クロード……十歳。今回の受験者の最年少者ですね」

「よろしくお願いします」

きちんと頭を下げる。係員の女性はそれを見て意外そうに目を丸くした後、目元を和《なご》ませて「頑張りなさいね」と札に判子を押してくれた。きっちりした黒と白の制服を纏《まと》った彼女の胸元には、「マリー・イレイザ書記官」と書かれた名札が着いていた。

おお、女性書記官！　目元が涼しげなクールビューティー！　ストレートロングのブルネットの髪が美しいです！　書記部に入ったら、このお姉さんが上司になるんだろうか？

私は怜悧《れいり》な横顔の女性書記官を振り返りつつ、建物の中に足を踏み入れる。なんとも殺風景《さっぷうけい》な内装だ。天井が高くてだだっ広いぞ。

入ってひとつドアを抜けた先は、もう試験会場。受験者たちが物音ひとつ立てず着席している――と思ったら、さっきケンカをふっかけてきたお兄さんたちは、窓際に座り込んでゲタゲタ笑ってら。貴様らは何をしに来たんだ。冷やかしか。

変な輩《やから》には接しない。妙なフラグは立てません。私はすぐさま自分の席について、じっと開始時間を待った。

この部屋は大学の講堂みたいなすり鉢上の造りになっていて、奥に行くにつれて床が低くなる構造だった。これじゃあ上にいる人はカンニングできるんじゃないか？　と思うけど、それぞれの席にはきちんと風よけみたいな、日本の選挙会場のようなガードが付いている。きっとこの建物、試験専用に建てられたものなんだね。

開始時間になり背後の扉が閉まると、さすがにお兄さんたちも着席した。それでも空席がいくつかあるのは、当日欠席かな？　まあ、倍率が下がるから別にいいけど。

すり鉢の一番下の箇所に、数名の試験監督が並ぶ。おお、全員お揃いの制服だ。さっき受付の所にいた人と同じ格好だから、みんな書記官なんだろう。いいな、あの制服。正直女性書記官の制服の方が好みだけど、まあ仕方ない。すらっとしたシャツと上着、スカートの下から覗《のぞ》くタイツがなんとも言えず魅力的なんだよ、くーっ！

問題用紙が裏返しの状態で配られる――までは大学受験とかと一緒なんだけど、違うのは同時に配られた、金色の輪っか。

「その金色の腕輪が、今回受験者の皆さんに着けていただく、精霊との交信を断つ腕輪です」

がっちりした体型の書記官がよく通る声で説明する。例のお兄さんたちは、まだ騒いでいる。何しに来たんだよ、本当に。

「契約した精霊の有無にかかわらず、全員に着用していただきます。着用されない場合、受験資格を放棄したと見なしますので悪しからず」

私はそっと、金色の輪っかを手に取った。受験者の腕の平均サイズに合わせているのか、私の腕にもすっぽり嵌《は》まる大きさだ。というより、私くらい幼い子どもは普通受験しないからだろう、むしろちょっと緩《ゆる》そうだ。

「では、私が開始の合図を出しましたら、問題用紙を表に返して始めてください」

おっと、そろそろ準備しなければ。

私は筆記用具一式を出して、急いで腕輪を左腕に通した。ひんやりとした金属の感触がぞわぞわする。同時に、それまで胸の奥で励ましの声を上げていたミーナとティルの声が、ぷっつり途絶えた。

いきなり二匹の声が聞こえなくなって、ぞくっとしたけれど、二匹とも奥の方に確かに存在するのが分かる。声が聞こえなくなるだけ、ってのは本当みたいだ。

私はほっと息をつく。ああ、やっぱりあのお兄さんたち騒いでる。何を言ってるかまではよく分かんないけど——

「ピ・マイル・オチェ！」

試験監督の男性書記官が、いきなり叫んだ。それと同時に、一斉に問題用紙をめくる受験者たち。

……え？　何？

私は立ち上がりそうになったのをすんでのところで堪《こら》え、ガバッと顔だけ上げた。ガード越しでよく見えないけど、みんな一斉に問題用紙に取り組み始めたようだ。早い人はもう、カリカリと計算に入った音がしている。

ちょっと待て、何だ今の？　あの試験監督、ピなんとかって言ったぞ。え、何、今のが開始の合図？

つうっと、首筋に嫌な汗が流れる。汗はそのまま、私のない胸の間を通って滑《すべ》り落ちた。

いやいや、ひょっとしたら聞き間違いかも！　昨日も馬車の中で夜遅くまで勉強していたからね、うん、きっとそうだ。

私は意を決し、問題用紙をめくる。

そして、愕然《がくぜん》とした。

問題用紙は以前、イサークが見せてくれたものとよく似ている。計算用のスペースが異様に広くて、問題自体はちょこっとあるだけ。

でも……でも、どうすればいいの？

私、問題が全く読めないんだけど——!?

読めない、は間違いかもしれない。正確に言うと、読めるけど意味が分からない。発音は分かるけど、何を言ってるのかは分からない。

フェスティーユ家に引き取られてから一ヶ月ほど。読みはマスターしたから、この問題文も読めるんだよ。でも、意味不明なんだよ。

オノノ・ペルギ・ジ・テル・ヴィ・ヴィ・オヌ……何語だよ！　ああ、この世界の言葉ですよね！　分かってますとも！

気が付けば、ガリ、と親指の爪を噛んでいた。私の悪い癖だ。大人になってからはめっきり出てこなくなったと思っていたのに。

分からない……本気で分からない。これ、何語？　今まで難なく分かってたのに――あ。

そっと、左腕に通した腕輪に触れる。ひょっとして――これか？　これのせいか？

私の側を、試験監督が何人か通り過ぎていく。続いて、さっきのお兄さんたちの怒鳴り声。すごく怒ってるみたいだけど、何言ってるか分からない。その声も段々遠のいていったから、たぶん強制退場させられたんだろう。腕輪、着けなかったのかな。何しに来たんだろう、本当に。

もう一度、問題用紙を見直す。――やっぱり無理だ。全く理解できない。

私は震える瞼《まぶた》を静かに閉じた。胸の奥で確かに感じる、精霊たちの気配。あの子たちも焦っているみたいだ。

私は、異世界人だ。もとより、この世界の言葉なんて分かるはずもない。

きっと今までは、この子たちが私の中に入って、言葉のやりとりを手伝ってくれていたんだ。私が彼らと契約を結んだのは、あの謎の森に入ってすぐのこと。その後でお父様――アルベルトさんと会ったから、こっちの言葉が理解できることに特に疑問を感じなかった。

でも、今は精霊たちとの絆《きずな》が封じられてしまった。だから、こっちの言葉が分からなくなり、当然、問題文を読むこともできない。

ちら、と横目で試験監督の様子を窺《うかが》う。ああ、ムリムリ。あの人たちの目をかいくぐって腕輪を外すなんて無理だ！

なんとか説得してみたら……って、言葉も通じないんだ。無理だ。だから困ってるんだよ、ちくしょう、私。

いつの間にか、手元の問題用紙は汗でびっしょりになっていた。手のひらを膝で拭《ぬぐ》ったけど、それでも次々と汗が噴き出る。

どうしよう……どうすればいいんだ？

私の意識下で、ミーナとティルが大騒ぎしているのが分かる。でも、何を言っているのかは分からない。

刻一刻と、時間だけが過ぎていく。周りの受験者たちの、カリカリ……とペンを動かす音が耳に響く。ええい、もっと静かに書いてくれっ！　八つ当たりとは分かってるけどっ！

……分かってるけど。

急に、じわっと目頭が熱くなった。慌てて指で押さえて、ぎゅっと身を縮こまらせる。

泣くな。泣いても何にもならない。

書記官になる道を選んだのは自分じゃないか。元の世界に帰るために……書記官になるって決めたんだから。

でも、私はやっぱり異世界人だった。どんなに頑張っても、精霊たちの仲介がないと、みんなと会話することも字を読むこともできないんだ——！

『……ごめんなさいね』

え？

急に脳裏に響いてきた声に、私は顔を上げた。危ない、立ち上がってたら即刻つまみ出されるところだった。

私はそろそろと目線を上げる。腕にはしっかり、例の腕輪が嵌《は》まっている。しかもこの声、ミーナでもティルでもない……？

『辛い思いをさせてしまいましたね』

いや……というか、あなた誰？

『今なら、少しだけ力を貸せます。さあ、涙を拭《ふ》いて——』

いや、だからあなた誰ですってば——

——ん？

太陽光が目に痛い。

受験者たちは各々伸びをしたり、さっきの試験内容をあれこれ話したりしながら受験会場を出た。まるまる一時間部屋に閉じこもっていたから、空気も美味しく感じられるね。

私は建物を出てから立ち止まり、受験会場を振り返った。立方体の建物は、今や白塗りの監獄のように思われる。もう二度と、あそこで受験したくないな。まあ、そのためにさっき頑張ったんだけど。

そう――私は頑張れたんだ。あの声の後に。

私の心の中に響いてきた、ミーナでもティルでもない謎の声。男なのか女なのか、それすらぼんやりしていた声だけど、口調はとても優しかった。

その声を聞いたあと、私はなぜか文字が読めるようになった。ミーナとティルの封印が解けたわけじゃないのに、すうっと元通り解読できるようになったんだ。

驚きこそすれ、ビビってる場合じゃなかった。私はすぐさま試験用紙に飛びついて、なんとか制限時間内に全て解き終えることができた。ざっと見直ししたけど、計算間違いはなし。巧妙な引っかけ問題もなさそうだったから、きっと大丈夫だろう。

『ごめんね、ごめん、玲奈！』

『ティルたち、先に言ってればよかった……！』

さっきから二匹はひっきりなしに謝り通している。この子たちが謝ることはないのにね。

『いいんだよ。それに、なんとかなったし』

『なったの？　どうして？』

おや、ミーナたちにも分からないのかな？

『よく分からないけど……急に声が聞こえてきたの』

『声？』

『うん、「ごめんなさい、辛い思いをさせた、今なら少しだけ力を貸せる」とか……』

『……』

『何か心当たりがある？』

『……玲奈、それは……』

『だめだよ、ミーナ』

何がだめなんだよ。

私は迎えの馬車が来るのを待ちながら、私の中で言い合いを始めた二匹に問いかける。どうも、この子たちはさっきの現象が理解できたみたいだな。でも、今はそれを説明できない、と。

『ごめん、玲奈。今度必ず説明するから』

『……必ずだよ。今回はどうにかなったけど、できるならあの腕輪、二度と着けたくないし』

『それは同感！　ミーナも嫌な感じだった！』

『今回、受かっているといいね』

二匹に励まされ、私はようやく笑顔になることができた。

＊＊＊

試験結果の発表は、二日後。場所は同じ会場前だった。

結果？　もちろん合格ですよ。ちなみに試験中に大騒ぎしてつまみ出された連中は、やっぱり注意事項を聞いてなかったらしい。腕輪を着けずに問題を解こうとして、試験監督に注意されたんだとか。で、それに食って掛かったから強制退出食らったって、さっき近くで聞いた。どうやら、王都で最近できた不良集団もどきらしい。ああやってあちこちに出没しては迷惑菌を振りまいているのだと、近くにいた人たちが言っていた。

とにかく、今回の最終倍率は十八倍。合格者は八人。最年少者はもちろん、私。

「では、合格者は前へ。書記官の証明書とバッジを授けます」

この前会った女性書記官が澄み渡る声で告げ、私を含む八人が前に出た。

私が進み出たことで場は騒然となる。不合格者はもちろんのこと、同じ合格者たちも、驚きの眼差《まなざ》しでこっちを見てきた。

私はなるべく、慎《つつ》ましく目を伏せて壇上《だんじょう》に上がる。これから、ここにいる人たちと同僚になるんだ。イサークの時みたいに失敗しないように、注意して接しないと——

「おいこらクソガキ、何のうのうと合格してやがるんだ！」

書記官が合格者の名前を呼び上げる中、乱入してきた野太い声。おおっと、この声は忘れかけていた例の、あの不良崩れのお兄さんたちではないですか。

振り返ると、そこには予想通り、群衆をかき分けてやってくるお兄さんたちが。顔が真っ赤なのは怒り狂ってるせいもあるだろうけど、ありゃあ真っ昼間から飲んでるな。

彼らに突き飛ばされた女性受験者が悲鳴を上げて倒れたのにも目もくれず、お兄さんはズカズカと壇上《だんじょう》近くまでやって来た。

「クソガキィ！　その面を貸せ！　首根っこ引っこ抜いてやらぁ！　降りてこい！」

そんなことを言われて大人しく降りる馬鹿がいるものですか。

私が一歩後ずさると、私の中でミーナたちが唸《うな》るのが分かった。

『玲奈……どうする？　倒す？』

『ティルたち、いつでも大丈夫だよ』

『燃やす？』

『毟《むし》る？』

精霊たちは私を守ってくれるようだ。でも――

『ありがとう、でも大丈夫』

ここで精霊を出したりしたら、また悪目立ちしてしまう。そう思って飛び出しかけた二匹を抑える。

お兄さんたちは私が両腕をぶらりと垂らして無抵抗状態なのをいいことに、ニヤリと笑った。

「クソガキは家に帰って寝てろやぁ！」

「俺たちに書記官のバッジ寄越せ！」

無理に決まってんだろ、どあほ。

私があからさまに不機嫌な顔をしたからか、お兄さんの顔が引きつる。そして――

「……っざけんな、このガキがぁ！」

小振りのメロンくらいありそうな拳《こぶし》が、振り上げられた。

私はぎゅっと目を閉ざす。誰かの悲鳴が上がる。

殴る気か、この脳筋。やってみろ、その時にはさすがにミーナとティルを――

ガッ、と鈍い音。何かが倒れる音。

はっと、私は目を開けた。目の前にいるお兄さんも、拳《こぶし》を振り抜いた姿勢のまま、凍り付いていた。私の体は、どこも痛くない。

そこでようやく、私は自分の足元に倒れ伏す人物の存在に気づく。黒と白の制服に身を包んだ、きれいなブルネットの女性。その人は――

「……書記官さん！」

血の気が引くとは、こういうことを言うんだ。

私は土下座する勢いでその場にしゃがんで、足元に倒れる人を助け起こす。細身の女性でも、今の私には背中を支えるだけで重労働だ。結っていた長い髪は、解けて床に散らばっている。

涼しげな目元の、美人さん。確か名前は――

「イレイザ副長！」

他の書記官たちも一斉に、美人さんに駆け寄る。上半身を起こされた彼女は、横っ面を張られたらしく、左の頬が青く腫《は》れていた。あまりの痛々しさに、殴られていない私の胸まで痛くなる。本来なら私があれを喰らうはずだったのを、イレイザ副長が――

「イレイザさん……」

「怪我はありませんか？」

イレイザ副長は、ゆっくり首を回して私を見つめてくる。私がブンブンと頷《うなず》くと、「そうですか」とにっこり笑ってくれた。左頬がぱんぱんに腫《は》れているのに、すごくきれいな微笑み――

「す、すみません。わた、僕が……」

「幼いあなたに怪我がなくて何よりです」

イレイザ副長は周りの男性書記官の手を借りて立ち上がり、さっきから棒立ちになったままの厳《いか》ついお兄さんに真《ま》っ直《す》ぐ向き直った。

明らかにお兄さんの方が、細身のイレイザ副長よりガタイがいい。

でも、なんて言うんだろう。

イレイザ副長の体中から溢《あふ》れるオーラみたいなのが、目の前のお兄さんを圧倒していた。

「……私を殴ったことを、責めようとは思いません」

「な、何だよっ」

お兄さんは果敢《かかん》にも言い返すけど、あっという間に他の書記官に両脇から挟まれてしまう。イレイザ副長はじっと、拘束されるお兄さんたちを見つめていた。

「ですが、新しく私たちの仲間になった者に危害を加えようとしたことは、我々の誰一人として許しません。あなたが殴ろうとした人物が何者なのか、よく考え直しなさい。そして、二度と我々の前に姿を現さないことです。エルシュタインの平安を脅《おびや》かす者は、騎士団に通報するのみ。これまでの度重なる悪行《あくぎょう》、もう見逃されることはないでしょう」

彼女が言葉を切るのと同時に、屈強な書記官たちが見事な連携プレーで、お兄さんたちをつまみ出してしまった。この前の試験の時もそうだけど、この人たち、どれだけアウトローなことをしてきたんだよ。そのまま彼らは騎士団に連行されていった。

騒ぎが収まり、他の不合格者たちが各々去っていく。でも、彼らは最初の時ほどがっくりしていないようだ。

きっと、先のイレイザ副長の勇姿を見ていたんだろう。そして、書記部内の絆《きずな》ってのを目《ま》の当たりにしたんだ。

きっと彼らは、次回も試験を受けに来るだろう。今回以上の熱意を持って。

私はゆっくり、イレイザ副長の顔を見上げた。うーん、背が高い。百七十センチは超えてるんじゃないかな？

イレイザ副長は私の視線を感じたのか、静かにこっちを見下ろした。

「レン・クロードですね」

「は、はい。あの、さっきは申し訳ありませんでした」

「構いません。私がしたくてしたことですから」

ただし、と言いながら副長はくるりと私に背を向ける。

「……書記官という役職は、ただ算術ができればいいわけではありません。十歳という未曾有《みぞう》の歳で試験を突破したあなたを、私は高く評価し期待すると共に、他の合格者に比べて、不安も感じています」

副長の言葉に、私は表情を改める。

そうだ。私が幼く、周りからからかわれやすいという事実は、他の書記官たちの迷惑になってしまうかもしれない。

「……ご迷惑をお掛けすると思いますが、皆様のお役に立ち、足を引っぱらないよう、努力します」

そう言って頭を下げると、副長は振り返り、しばらく私をじっと見つめていたようだ。顔は上げられないから、気配でしか分からないけど。

「……不思議な子ですね、レン。なぜでしょうか。あなたと話していると、十歳の少年ではなく……もっと歳上の人物と話をしているようです」

おっと、副長はなかなか鋭いぞ。

「はい、みんなによく言われます」

動揺を隠しつつ、顔を上げて微笑むと、副長も満足そうに笑う。ああ、やっぱり美人は笑顔が一番だ！

背後で名前を呼ばれる。振り返ると、他の合格者たちは全員、胸にバッジを付け終わっていた。

書記官であることを示す、大鷲《おおわし》が両翼を広げたエンブレムのバッジだ。

「行きましょう、レン。……これから共に職務を務め、あなたの成長を見届けられることを、心から嬉しく思います」

副長の、温かい言葉。

私は真っ直《まっす》ぐ、副長を見上げた。そして、私たちを待っている書記官のみんなを見る。

これから、私は書記官になる。ベルフォード王国書記部書記官、レン・クロードになる。

私はイレイザ副長に背中を押され、しっかりと胸を張ってみんなのもとに向かった。

第3章　ベルフォード王国書記部書記官・レン

朝起きると、すぐに窓のカーテンを開く。シャッと小気味よい音がして、柔らかな朝日が室内に差し込んできた。

起床時間は、思っていたよりもゆっくりだから、念入りに朝の身支度を済ませる。フェスティーユ子爵家にいた頃は、メイドさんたちが周りにたくさんいて、着替えなんかの面倒も全部見てくれていたんだ。逆に、なんでもかんでも自力でしようとすると不審そうな目で見られるので、家にいた時の支度はほぼ全部、メイドさんたちに任せていた。

でも、私は本来地球に暮らす一般庶民なので、自分のことはひとりでできる。今まで着ていた身分不相応なフリフリドレスも、ここでは封印。動きやすい、書記官の制服を纏《まと》うだけだから。

――今日は、私が書記官になって初めての出勤日。

胸元にリボンタイをキュッと結んで、書記官のバッジを付ける。きらりと輝く黄金色のそれは、私の薄い胸の上で誇らしげに朝日を反射させていた。

国の機密書類を扱う書記部は、当然王宮内にある。

ベルフォード王国王都エルシュタインの心臓部に当たる、エルシュタイン城。

王城のエリアは、王家の方々が住まう「王室居住区」と官吏たちが働く「執務区」、それから騎士団が常駐したり寝泊まりしたりする「騎士団区」に、王城に仕える人が休憩したり泊まったりする「使用人居住区」の四つに分類される。

私が属する書記部は執務区内にあるけど、書記官たちが寝泊まりしたり食事したりする場所は使用人居住区内にあった。毎朝使用人居住区から執務区まで移動して、一日の仕事を終えたら居住区に戻るってわけ。

自室から食堂へ向かう。

食堂には、既《すで》にかなりの人数の書記官がいた。使用人居住区内の食堂は、朝から賑やかだ。副長からもらった資料によると、早朝勤務に出ている人もいて、そういった人は朝食が早いので食堂はかなり長い時間開いているようだ。ここでは書記官などの城仕えの人間なら格安で好きな量だけ食事を食べられるので、有り難い限りだ。

食堂にいた人たちは、子どもの私が入ってきたことに、最初は驚いたようだ。でも私の胸に飾られた書記官のバッジを見ると、「ああ、なるほど」「彼が噂の」と納得したような眼差《まなざ》しに変わる。その後は、興味深そうな目でこっちを見てくる人が多かった。突っ掛かってくる人はいなさそうで、まずはひと安心だ。

私は他の人に倣《なら》って、ビュッフェ台に向かう。ここの食事提供システムは、日本のホテルのバイキングとそっくりだ。列に並んで、自分が好きな食材を取っていく形式。一人ひとり注文を取るより、こっちの方が料理人側も楽なんだよね。返却口さえ設置しておけば、いちいち使用済みのお皿を回収しに行く必要もないし。経費削減、大事だね。

「……おっ、そこのちっさいおまえ、ひょっとして噂の書記官か？」

他の人に埋もれないよう、背伸びしてビュッフェ台の食事を取っていた私は、すぐ後ろから聞こえてきた声に反応する。「そこのちっさいおまえ」「噂の書記官」ときたら、私のことしかないだろう。

振り返るとそこには、まだ年若い青年がいた。年若いといっても、実年齢二十歳の私と同じ歳頃だろう。ボサボサの茶色の髪はピンピン撥《は》ねていて、双眸《そうぼう》は深いグリーン。茶髪も緑の目も、ベルフォードではありふれた色合いらしい。

なんとなく、へにゃって感じの笑みを浮かべる彼だけど、着ているのは真新しい制服で、胸には大鷲《おおわし》のバッジ。彼も書記官だ。おそらく、私と同時期に合格した人のひとりだろう。

「僕のことですか？」

「そうそう。合格発表の時から気になってはいたんだよ。……おっと、今日はその肉、おすすめしないぞ」

私がトングで掴《つか》もうとしていた肉の塊《かたまり》を目にした彼は、大きな体を折りたたみ、こっそりアドバイスしてきた。

この料理は、フェスティーユ家でもしばしば食卓に上がっていた、濃厚ソースが美味しい焼き肉の一種だ。ソースの香りが食欲を刺激してきたので、ついつい手に取ってしまいそうになったんだけど。

「だめなんですか？」

「ああ。タイロン牛は、日によって味が全然違う。ここ数日はあんまりいい肉が仕入れられていないそうだから、やめておけ。逆に、あっちのカルラ鳥の香草焼きはオススメだ。カルラ鳥は、今の時期が丸々と肥えていて一番美味しいんだ」

「そうなんですか？　ありがとうございます」

やけに肉に詳しい人だ。ひょっとして肉マニアなんだろうかと思いつつ、私は彼のアドバイス通り、タイロン牛の隣のトレイに載っていた、カルラ鳥なるものを取る。上にかかっているハーブが良い香りだ。

てっきり肉マニアかと思った彼だけど、その後も肉に限らず、ビュッフェ台のあれこれオススメの逸品《いっぴん》を教えてくれる。彼は私よりずっと背が高いから、私の身長だと持ち上げるのが困難なジュースのピッチャーを取って、代わりに注いでくれたりもした。

「すみません、さっきから……」

「いいのいいの。せっかくだし、あっちで一緒に食べないか？」

そう誘われ、私は彼の隣に座った。彼のトレイに載せられた食事は、私のゆうに二倍はある。大の大人でしかも男性なんだから、それも当然か。

「……そういえば、まだ名乗ってなかったな。俺、ジェレミー・グランツって言うんだ」

ジェレミーはカルラ鳥をフォークで刺しながら、私に向かってにっこり微笑む。陽気そうな顔で、笑うと頬にえくぼが浮かぶ。お人好《ひとよ》しって感じのする表情だ。

「おまえの名前は忘れちゃったけど、十歳の天才書記官だろう？　合格発表の日に不良どもに殴られそうになった」

「はい。レン・クロードと申します。フェスティーユ子爵領から参りました」

私はジェレミーに自己紹介し、彼に倣《なら》ってカルラ鳥を頬張る。

こ、これは本当に美味しい！　皮はサクサク、香草がピリッと効いていて、超ジューシー！　鶏肉だというのに脂身《あぶらみ》が全然気にならない。黒コショウの粒が、また美味なり！

「おいしい！　ジェレミーさんは、食材に詳しいのですか？」

「ん、まあね。これでも商家の長男だから」

ジェレミーの言うところによると。

彼はグランツ家という、ベルフォード王国の商家の跡取り息子で、後学のために書記官登用試験を受けたそうだ。

国庫管理は管轄外とはいえ、書記官は金銭の計算や帳簿管理をすることがある。

素早く計算する力が求められるから、豪商の跡取りが修業のために書記官になることもあるし、逆に書記官が商売の道に目覚めて、退職後、商人に転職するなんてこともよくある話なんだってさ。

私はよく知らないけど、グランツ商会ってのはけっこう名のある豪商なんだと。

ちなみに彼は、別に肉マニアってわけじゃなかった。実家の影響で流通に詳しくて、その時期売れ筋の食材や、逆に季節外れであまり美味しいとは言えない食材に関しての造詣《ぞうけい》が非常に深い。食品だけじゃなくて、流行の衣服や靴、骨董品《こっとうひん》なんかにも関心があるという。根っからの商人気質《しょうにんかたぎ》だね。

明るいジェレミーとは朝食の席ですぐに意気投合して、そのまま一緒に書記部に行くことになった。傍目《はため》から見ると、「弟の子守をするジェレミー」の図になりそうだなぁ。

エルシュタイン城は、上空から見ると漢字の「回」の字型になっている。低めの建物がぐるりと中庭を囲んでいて、その内側にあるのが王室居住区。王室居住区とその周辺区は、太い渡り廊下一本だけで繋《つな》がっている。その廊下に繋がる扉は、いつも厳重に警護されているんだと。

書記部は「回」の字の外壁に位置している。北側なので、日当たりが悪いのはご愛敬だ。正面玄関やエントランスホールから遠いので、何かと不便な立地だけど、静かにバリバリ仕事をするにはこの場所が一番いいんだと、ジェレミーが教えてくれた。

実際に歩いてみて分かったけど、書記部エリアだけでもマンション一棟分くらいの面積はあった。子どもの足では歩くのもなかなか大変だけど、これも訓練だ。毎日徒歩通勤、頑張るぞ、おー！

「ああ、この前の登用試験で合格した新人さんね。書記部へようこそ」

私たちが書記部に入ると、まず副長が出迎えてくれた。合格発表の時、私を庇ってくれたクールビューティーさんだ。

本名をマリー・イレイザさんという副長は、今日も麗《うるわ》しい。先日殴られた頬は、まだほんのり青《あお》痣《あざ》が浮かんでいるけど、思ったより元気そうでよかった。

ジェレミーが挨拶した後、私もフェスティーユ家で教わった目上に対する挨拶をする。

「おはようございます。レン・クロードです。先日は大変ご迷惑をお掛けしました」

「レンですね。頬のことでしたら気にしなくてもいいですよ。書記部の副長ともなると、恨みを買うことも多々ありますので」

それはつまり、殴られるのは慣れっこってことだろうか。それとも私を気遣って言ってくれたんだろうか。能面のようにひんやりとした副長の表情からは、その真意は読み取れそうになかったけど、後者であることを祈る。

当たり前だけど、この世界にタイムカードなんてものはない。部屋の入り口に置いてある名簿に、出勤時間と退勤時間を自分で記入するそうだ。一応夕方までの勤務だけど、残業はザラだし、人によっては早朝勤務もある。残業手当はちゃんと出るそうだから、まあホワイト企業と言えるのかしらね。

同期で合格した残りの六人は既《すで》に部屋に通されていて、私たちもそれぞれ机に案内された。わあ、仕事机！　マイデスク！

「書記部は基本的に、一人ひとりの仕事が独立しています。今も難解な書類と格闘している方も多いので、書記官全員に向けての挨拶はありませんが、悪しからず」

副長はそう説明した。企業入社日って聞くと、みんなの前で新人が大きな声で挨拶するっていう印象があるけど、仕事に没頭している人にとっては、そんなの確かに迷惑だよね。効率が一番。

その後、私たち八人は、副長から職務内容と厳守事項、職務遂行上の注意事項などを聞いた。

書記官の仕事は主に、城内の事務仕事全般。その中でさらに、一人ひとりの得意な分野に合わせて副長が仕事を割り振ってくれるらしい。

「筆記が得意な者には手紙の清書や報告書の仕上げを、計算が得意な者には予算額の計算や測量の補助などを割り振ります。繁忙期や急を要する事務仕事が発生した場合は全員で同じ作業に取り組むこともありますが、基本的には個人で仕事内容が違います」

副長が資料を読み上げ説明するなか、私は思わずおおっと心の中で声を上げる。

私の字は、我ながらひどいクネクネ文字だ。今同席しているどの同期よりもひどい自信がある。

でも、私の売りは計算能力。暗算筆算《ひっさん》、どんと来い。数学は、高校でもそこそこいい成績を叩き出していたんだ。計算するだけなら字の汚さもそれほど関係ないし、数字はちゃんと書けるからね！

職務内容に続いて、副長は騎士団からの引き抜きについて説明してくれた。そういえば、フェスティーユ子爵領の本屋で買った本にもそういう事項があったっけ。

騎士団は三つの部署に分類されていて、それぞれ役割が違う。各騎士団たちは団体としてはそこそこまとまっているけれど、お互いはそれほど仲がいいわけではないそうだ。

そもそも職務内容が違うんだから差を付けようがないんだけど、どうやら三分類内で勝手にカースト制度みたいなのができているらしい。団員の間では侍従騎士団が一番上、治安騎士団が一番下で、その間が近衛騎士団とか言われているそうだ。

何故かというと、王家の側仕えをする侍従騎士団に入れるのは身分がはっきりした貴族出身者だけだから。こんなカースト制度ができた理由は、その方々が他の騎士団と区別を付けたいがために勝手に言い出した、って説が有力らしい。近衛騎士団は他の二つとわりかしうまく渡り合っているけど、侍従騎士団と治安騎士団のいがみ合いはかなりのもので、戦争があった時代からこれだけはずっと改善されていないそうだ。

そして我らが書記部は、騎士団のカースト制度とは全く関係ない立ち位置にある。

というか、どこかに一方的に与《くみ》してはならないからこそ、三騎士団それぞれから引き抜きのお申し出があるんだとか。騎士団の不仲問題をこっちに持ってくるな、ってことだね。

申し出を受けるかは、指名された本人と、書記官長と副長と、相談の上で決める。受けるも受けないも、それは書記部全体の判断であり、騎士団は書記部の決定に異を唱えてはならない。

これは、断られたのなら、今後認められるような働きをしてみせろってこと。書記部って、王城内でも結構発言力があるんだね。

「騎士団の専属書記官になるのも素晴らしいことですが、まずは書記部内で己の実力を発揮してください。あなた方の成長を、我々一同で見守らせてもらいます」

そう副長が締めくくった後、私たちは本登録用の書類を書かされた。

名前や性別の欄《らん》に「レン・クロード、十歳、男」って書くのは、少しだけ罪悪感がある。まあ、そんなことも言ってられないんだけどね！

ちなみに、仕事で精霊を使うのは全然問題ないらしくて、書類にも、「契約している精霊の有無」という項目がある。ミーナとティルのことを書いたら、さしもの副長も驚いて目を丸くしていた。

「見せてくれますか?」と言われたので二匹をデスクの上に呼んだら、他の人もざわざわし始めた。

隣の席のジェレミーも、ぽかんとしてこっちを見ている。

うん、目立つのは分かっていたけど、これ以上嘘はつけないからね。

精霊は計算や筆記などでは全然役に立たないから、ただ連れてくるのはダメだけど、荷物を運んでもらったり、手紙をよその部署に持っていってもらったりという点で便利だ。私たちがこうして書類を書いている間にも、少し離れた席の書記官が、自分の犬型精霊に手紙をくわえさせてどこかに送り出していた。

一通りの書類準備と研修を終えたら、いざ仕事開始！

新人一人ひとりに先輩書記官が付くらしく、ジェレミーには、彼とほとんど歳が変わらない若い青年書記官が向かっていた。

ちなみに私はというと、なんとイレイザ副長が付いてくださった。

「レン。正直なところ、あなたは文字を書くことに関しては、まだまだ成長途中です。今の段階だと残念ながら、封筒の宛名書きや手紙の代筆、報告書の清書などを任せることはできません」

副長はやや言いにくそうに指摘したけど、これは私の予想の範囲内だ。むしろあんなミミズ文字で書類を書いて提出するなんて、私の方が恐縮してしまう。

「字の丁寧さだけを見れば、合否ラインギリギリでした。ですが、あなたの一番の強みはそこではありません。そうでしょう？」

副長は静かに微笑み、傍らの箱から書類をひと束取り出した。ちらっと中が見えたけど――これは、何かの出納表《すいとうひょう》？　パソコンの表計算ソフトみたいなマス目がいくつも見えたぞ。

「あなたは十歳という年齢を感じさせない、類稀《たぐいまれ》な計算能力を持っています。まずは、お手並み拝見です。この出納表の現金欄《らん》から出費欄の数を引いたものを、残金欄に記入してください」

おおおっ！　来たぞ来た！　私が唯一胸を張れる分野、計算！

「かしこまりました！」

私は元気よく返事をして、筆記用具を取り出した。

頑張るんだ、私。

必ずこの書記部で、結果を出す。

そして絶対、地球に帰るための方法を見つけてやるんだ。

ものの一時間足らずで、イレイザ副長に提示されたお題を全て片付けた。ちょっぴり腕は疲れたけど、まだまだ平気。さすがに繰り下がりのある計算は筆算《ひっさん》しないとできないものの、簡単な計算なら暗算で十分だ。

イレイザ副長は私が仕上げた出納表を見て、ブルーの目を見開いた。

「……後ほどこちらで検算しなければ正誤はなんとも言えませんが……予想以上の速さですね、レン。昼までかかると思っていたのですが……」

「へえ、レン君はもうそれだけの量を仕上げたんですか？」

そう言って首を突っ込んできたのは、ジェレミー担当の青年書記官。彼は副長が持っている出納帳を覗《のぞ》き込んで、彼女と同じように目を瞠《みは》る。

「……これは驚きだな。というか、この計算式は何？　見たことない形だけど」

彼が示したのは、私が余白に書いた筆算《ひっさん》。そういえばこの世界と地球の筆算はやり方が違うんだっけ。

私はなるべく平静を装《よそお》って、青年に微笑みかける。

「ありがとうございます。この計算方法は町の知識人から教わりました。彼が編み出した特殊な計算方法です」

「そんな人がいるのか！　その人、うちに引き抜いたら？」

「残念ながら彼は高齢のため……。亡くなる直前、私に知識を授けてくれました」

これは万が一のためにと事前に考えていた、「レン・クロード」のバックグラウンドだ。

老年になって計算式を編み出し、王都で活躍する気力もないまま亡くなってしまった知識人。彼から計算法を教わった、という設定だ。おまけに彼は偏屈《へんくつ》な変わり者で、他の人間とはほとんど交流がなかったと言えば、証拠隠滅《しょうこいんめつ》完了。

なおも目を輝かせて私に突っ込んでこようとした青年書記官は、イレイザ副長に睨まれてすごすご下がった。どうやらジェレミーが計算に苦戦しているらしく、暇を持て余して私の方に寄ってきたらしい。

副長は出納表を束ねて、ふーむ、と感心したように唸《うな》った。

「これは書記官長にもいい報告ができそうですね……それではレン、十分間の休憩の後に、次の書類を渡します」

「僕はまだ元気なので、今すぐにでもできますよ」

私はそう言って大丈夫アピールをするけど、副長の目が細まり、顔が厳しくなる。

「いけません。ノルマを達成したならば、必ず休息を挟んで次の仕事まで英気を養いなさい。……アリシア、ロレーナ。レンに休憩用のお菓子でも出してあげて」

ぴしっと言い放つと、副長は傍らにいた女性書記官たちに指示を出して行ってしまった。

なんというか……本当に……

「ホワイト企業……」

私の呟《つぶや》きに、デスクの端《はし》っこで遊んでいたミーナとティルが、小さく頷《うなず》いた。

＊＊＊

レン・クロード。書記部での日々を順調に送っております。

初出勤の時に声を掛けてもらってから、ジェレミーと一緒に食事をとることが多くなった。

その時に、ジェレミーにいろんな話を聞くんだけど、彼の知識量の多さには本当に頭が下がる思いだ。そんな貴重な知識を惜しみなく私にも分け与えてくれる彼の優しさときっぷの良さに、ますます彼への好感度が上昇する。

ジェレミーは計算も筆記もそれほど得意ではなさそうだけど、この知識量で書記部に貢献している。商家出身というのは、それだけでかなりの価値があるそうだ。

私もジェレミーに負けじと、日々様々な書類と格闘している。イレイザ副長は「適材適所」の言葉の意味をよく分かっているようで、私に出してくるのは専《もっぱ》ら計算ばかり。

ちなみにどんな書類かというと。

【エルシュタイン城下町の人口推移……北ブロック〇〇人、南ブロック〇〇人、東ブロック〇〇人、西ブロック〇〇人。昨年度との比較と、人口増減具合をまとめよ】

【パルマ草の市場価格の一覧を見て、平均価格を求め、購入人数と照合して最適価格を求めよ】

【西ブロックの各店舗の見積書を参照して、本年度の予算案を組み立てよ】

入試問題風に言うと、こんな感じかな？

とにかく、王城内の、数字を使う系の仕事は全部書記部に回ってくる。土地とか地理とか歴史などはよく分かっていなくても、とにかく最終的に求められた数さえ出せればいいんだ。時には、ひたすら足し算して答えを出せって仕事もある。表計算ソフトがあればイチコロですな。

私のデスク上には筆記用具の他に、メモ用の紙束も置いている。これは、古紙ボックスに入れられていた古紙を拾って切断して重ね、側面に糊を塗ってメモパッド風にしたものだ。

事務職員だった地球の父が、よく古紙を使って市販のメモパッドみたいなのを作っていたんだ。背中部分が糊付けされていて、ピリピリ一枚ずつ剥《は》がせるようになってるタイプのね。あれをこっちの世界でも作ってみたら、同僚たちにもなかなかウケが良かった。

そういう発想がなかったようで、みんな高いお金を出して市販のメモパッドを買っていたらしく、「子どもはやっぱり頭が柔らかいね」とのお褒《ほ》めの言葉をいただいた。まあ、父親の受け売りなん

ですけどね。

ささっと計算して、完成したものは報告書にまとめて封をし、ミーナかティルの力を借りて書記官長の部屋に持っていってもらう。いちいち立ち上がって部屋を出入りするのは時間の無駄だし、周りの同僚も気が散るだろうからね。心の中で精霊たちにお願いすると、音を立てずに持っていってくれた。

ミーナとティル、それぞれが戻るまでの待ち時間、私はふと、思い立ってメモパッドに鉛筆を走らせた。書いたのは、地球にいる家族の似顔絵。我ながら似ていないけど、両親ともよくこんな笑顔で、私の話を聞いてくれた。今は他県に働きに出ている兄も、ケンカしたり遊んでくれたりしたっけ。

――トリップしたのは、レポート提出のために大学へ行く途中だった。真夏、七月の末。日陰に入ろうと足を踏み出したら、そこに地面はなくて――

気が付いたら、あの不思議な森の中にいた。

ミーナたちの話によると、私は地球からこの世界に召喚されたらしい。五十二年前に降臨して戦争を終わらせた宮野皆実みたいに、女神って存在の力で。

その女神はどうして私を召喚したんだろうとか、なんで幼女化したんだろうとか、なんで私なんだろうとか、考えたらきりがない。フェスティーユ家にいた頃から、自分の境遇についてはあれこれ考えていた。精霊たちに聞いても『女神様の考えることはよく分からない』『また後でね』としか言ってくれないものだから、どうしようもなかった。

ええい、何が女神だ！　何が目的か知らないけど、いきなり連れてきたからには責任取ってくれよ！　少なくとも五体満足で――もちろん大人の体で、私が召喚された瞬間に戻してくれよ！

ミーナとティルが戻ってくる。するりとドアの隙間から身を滑《すべ》らせて入ってきて、ミーナはたたたっと、ティルはぱたぱたぱたと、ほとんど音を立てずにこっちまで駆け寄ってくる。

『ちゃんとミーナ、渡せたよ！』

『ティルも。忙しそうだったから、机の上に置いておいた』

『ありがとう、二人とも』

私は右手でミーナの喉《のど》を、左手でティルのくちばしの上を撫でてやる。

そうだ、私は必ず帰るんだ。

何がなんでも帰るんだ！


書記部の朝はいっつも多忙だけど、私は十歳ということになっているから、副長のご厚意で早朝勤務はなしにしてもらっている。睡眠時間の問題だろうね。

それでも、日によってはとんでもない量の書類が舞い込んだり、他部署に依頼していた書類の押印が進まないと先輩書記官が吠え出したり、騎士団からの引き抜きで悶着《もんちゃく》が起きたり、書記官長がどこからともなく超絶美味なお菓子を差し入れに持ってきてくれたりと、何かしらのプチイベントは連日発生する。

……ああ、ちなみに今の今までほとんど話に出てこなかった書記官長だけど、たいていは奥の部屋に引っ込んでいて、事務作業をしたり何やら怪しげなダンスを踊ってたりする。比喩《ひゆ》じゃないよ。本当に踊ってるんだ。本人の話を要約すると、美容と健康のためのヨガみたいなものらしい。

「健康は大事よぉ。男でも女でも、いくつになっても、美しさは常に求めなきゃダメなんだから！」

書記官長の部屋に書類を届けに行くと、そう説教された。……ちなみにこの書記官長、れっきとした男性である。

急に健康云々《うんぬん》と言い出したのは、きっと私の目元にうっすら隈《くま》があるのを見たからだろう。

前日の夜、城の図書館でおもしろい本を借りて、思わず夢中で読み進めてしまったんだよね。

ミーナたちが時間を教えてくれなかったら、そのまま朝を迎えるところだった。

「レンちゃん、あなたはまだツヤッツヤの十歳だけど、だからって徹夜は厳禁ッ！　もう十歳くらい歳を取った時に、とんでもないしっぺ返しを食らうわよぉ！」

もう一度言う。この人は男性だ。

今日は書類の書き方を教わりに来たところだった。私は書記官長のデスクの前に立ち、改めて彼を観察してみる。

あごと口元の渋いひげ。彫りの深い顔立ちに高い鼻。あごに手を当てて私が書いた書類をじっと検分する書記官長の姿は、まさに「デキる男」。百人以上いる書記官を纏《まと》め上げるにふさわしい、ナイスミドルなおじさまだった。見た目は。

「……んー、レンちゃん、なかなか頑張って書いたみたいねぇ」

書記官長フィリップ・メイゾンは、顔を上げて書類をトントンと指の先で叩く。

「答えもばっちり合ってるし、何よりあなたは、その計算の速さが売りなのよぉ。後は、誤字脱字をなくすくらいかしらねぇ」

「……申し訳ありません」

「やだぁ、そんなに暗い顔しないでってば！　可愛い顔が台無しよぉ？」

書記官長はにっこりと笑って、赤いペンを手に取る。そうして、私の書類にささっとペンを走らせて私の方に差し出してきた。

「はい、今チェック入れたところを修正して、もう一度持ってらっしゃい。私の判子とマリーちゃんの判子をもらったら、あとは事務室に出すだけだから」

マリーちゃんとは、イレイザ副長のことである。書記官長以外、副長をファーストネームで呼び、しかも「ちゃん」付けする猛者《もさ》は、いない。

「はい。ありがとうございました」

私は書類を胸に抱えて、ぺこりと一礼する。書記官長は変わり者だけど、本当にいい人なんだ。私にも親切だし、厳しくも優しく教えてくれる。

ちなみに書記官長、妻子持ちだ。いつか奥さんとお子さん、見てみたい。

「いいのよぉ。じゃあ今度、お礼にレンちゃんの恋バナを教えてねッ！」

「……す、すみませんが僕はまだ、そんな人はいなくって……」

「あらそぉ？　ここにもそういう人はいないの？」

書記官長はペンを置くと、デスクに肘を突いて手であごを支えるポーズを取る。中年のおじさんがしているのを見るのは勇気が要《い》る光景だけど、彼の場合は似合ってしまうのだから不思議だ。

このポーズを取るということは、今の書記官長は休憩モードに入ってるってことだ。私も少しだけ肩の力を抜いて頷《うなず》く。

「はい……書記部のお姉さん方は素敵なのですが、僕にとっては憧れるだけで精一杯です」

私はなるべく、誰にも無礼にならないよう言葉を選びながら答える。

「何せ、僕は皆さんよりずっと幼いですし……仕事で外にも出ないので、同い歳の女の子と接する機会もありません」

「だめよ、レンちゃん。そんなじゃ」

書記官長はいきなり立ち上がって、びしっと指で私の胸を指し示した。大柄な彼が目の前に立つと、それだけで威圧感がある。

「私はねぇ、みんなにはバリバリ働いてほしいけど、そのためにプライベートの時間まで削れとは言いたくないの。恋愛と仕事は別物。仕事のせいで恋愛や家族のことを潰させたくないのよ」

書記官長の言葉に、私は息を呑む。

改めて思う。書記部は、本当にホワイト企業だ。

残業はあるけど、家の事情だの家族の誕生日だので定時上がりする人も多い。みんなもそんな人を責めることは絶対ないし、僻《ひが》むこともない。

恋愛は各自の自由だし、書記官長も副長も、交際だの家族だのには非常に寛容だ。だから定時上がりの同僚が「彼女とデートしてきます」と言ったとしても、みんな明るく声をかけるだけだ。

「失敗するなよ！」「明日話を聞かせろよ！」みたいな感じで。

いやあ、本当にいい職に就《つ》いたよ。

「レンちゃんはその歳では抜群の能力を持ってるけど、だからといって、ずーっと仕事しとけってことじゃないのよ。むしろ、まだ十歳なんだから、同じ歳頃の子と遊びたいでしょうに」

「お気遣いありがとうございます」

まあ、私は実年齢二十歳だから、本物の十歳児と一緒に遊ぶのは無理があるんだけどね。どっちかというと、副長くらいの歳の女の人と一緒にウィンドウショッピングをしたいね、無理だけど。

書記官長はふっと目つきを緩《ゆる》めると、椅子に座り直して真《ま》っ直《す》ぐに私を見つめてきた。

「……何かあったらいつでも言いに来なさいね。私たちはいつだって、レンちゃんの力になるから」

書記官長の言葉が、ぐぐっと胸に突き刺さる。

「……はい、ありがとうございます、書記官長」

私は一礼して、書記官長に背を向けた。

どうしてだろう、腕に抱えている書類が重い。

『泣いてるの？　玲奈』

『玲奈、悲しそう。大丈夫？』

心の奥で、ミーナとティルが声をかけてくる。

泣いている？　そんなことない、私は泣いてないよ。

でも……どうしてだろう。

こんなに、胸の奥が苦しくなるのは……？

本来の私は、二十歳の女子大学生。でも今は、十歳の男の子。

本当なら同じ歳頃だろうお姉さんたちとこの世界で一緒に買い物に行くなんて、まずあり得ない。

——でも、書記部でもダントツに若い私だからこそ、許されることもあるわけでして。

「男は出てなさい！　邪魔よ邪魔っ！」

「ジェレミー・グランツにクライド・ゼット！　そこにいるのは分かってるのよ！」

お姉さんたちの怒声を聞いて、仕方なく物陰から出てくる大の男二人。

「ちえーっ……なんで俺たちはダメなのに、レンは許されるんだよ……」

「レンはまだたったの十歳でしょう。十歳なら乙女の会話に入ってもいいの！」

「そいつ、頭の中は俺たちと同じくらい成長してますよ」

「うるさいわね、クライド。野郎臭い人はこっちに来ないでくれる？」

お姉さんたち、凄《すさ》まじい言いようです。

ジェレミーと、その担当書記官で、後に遊び仲間になったというクライド・ゼットがぶうぶう言いながら退散していく傍ら、私はお姉さん書記官たちに囲まれていました。

書記部にも昼休みがある。といっても、全員が同時に昼休憩を取れるわけじゃなかった。いつ次の仕事が舞い込むか分からないし、急に全員を招集しないといけない事態だって発生するかもしれないからだ。

だからお昼休憩を友人同士で取るってのは、正直難しい。出勤時に一日のタイムスケジュールを事務係にもらうんだけど、休憩時間を合わせるためには、その時に同僚とお互いの時間を確認するしかなかった。

で、今日は偶然にも、お姉さん書記官グループ全員が同じ時間に休憩を取れることになったそうだ。

お姉さんたちは十代後半から二十代前半くらいの六人組。曰《いわ》く、ここ一年ほどはお昼に集まる機会もなかったそうだ。

彼女たちはきゃっきゃと楽しげに、それぞれ持ってきたお弁当を広げていた。書記部にいくつかある休憩所のひとつを今日は貸し切り状態にしている。その入り口に「男性厳禁　※レン・クロードを除く」と手製の張り紙があって、秘密の花園状態になっていた。

私はいつもと同じように一人で食事を取ろうと思っていたところをお姉さんたちに拘束された。まあ、お姉さんといっても、実年齢だと私より歳下の子もいるけどね。どうやら彼女たちは十歳の少年である後輩を可愛がることにしたようだ。

食堂で食べる予定だった私は、当然お弁当なんて持ってきてないのでお姉さんたちからおかずを分けてもらうことになった。

お姉さんたちの中には既婚者も多くて、旦那さんのお弁当を作るのと同時に、毎朝自分用のも作ってきているらしい。

「……なんだかすみません、僕まで入ってしまって……」

私はお姉さんたちの間に挟まって頭を下げる。ところがお姉さんたちは、とんでもないとばかりに目を丸くして、私の前にある紙皿にどんどんおかずを盛っていく。

「何言ってるの、レン。私たちがあなたを呼んだんでしょうが」

「遠慮せずにどんどん食べなさい。将来イケメンになるために今から栄養を摂《と》っておかないと！」

うーん……私はどう転んでもイケメンにはなれないんだけどね。でも、厚意は有り難く受け取っておくことにしよう。

お姉さんたちが私を呼んだのは、本当に深い意味はないみたいだ。現に、私にぽいぽいおかずを渡しつつも、会話に花を咲かせている。

若い女性が集まってする話といえば、まずは恋バナになるわけでして。

「そういえばアリシア。ジャックさんとはうまくいってる？」

お姉さんの一人に問われて、私の隣でサンドイッチを齧《かじ》っていたアリシアさんは、恥ずかしそうに赤面した。アリシアさんは確か、今年で十九歳になる。治安騎士団に恋人がいて、つい先日婚約したのだとか。

「うん……婚約してから、ますます優しくなって。今度一緒に、彼の故郷へ挨拶に行くの」

「ええっ！　いいなぁ、アリシア！」

「ひょっとしてこの前、副長に長期休暇を申請してたのって、その件で？」

「う、うん」

「やーん！　アリシア羨《うらや》ましい！　ちょっとその幸せをおすそ分けしてよー！」

「ミリアムは、この前酒場で会った歳下君とどうなったの？」

「先月の？　あれはダメダメ。話しぶりがよくてそこそこイケメンだったけど、所詮はお子様よ。すぐカッとなるところがあったし、彼氏にはできなかったわぁ」

普段は冷静に書類と戦う書記部の女性陣だけど、今だけは普通の女の子って感じだ。

そうだよね。城内きってのエリート集団とはいえ、彼女らも日本だと高校生から大学生、新入社員くらいの歳なんだから。お喋《しゃべ》りやお洒落《しゃれ》、愚痴の言い合いだってしたいでしょうよ。

「それじゃあミリアム的には、書記部や騎士団の中だと、どういうのがイケメンで好条件だと思うわけ？」

ハムサンドを頬張っていたお姉さんに聞かれ、ミリアムさんは豊かな金髪を揺らしてくくっと笑う。

うーん、美女は何しても似合う。というかミリアムさんくらいの美人なら、書記官以外でも引く手あまただろうな。

「決まってるわ。書記部ならダントツでマーカス殿下。騎士団なら『紅《あか》の若獅子《わかじし》』ヴェイン・アジエントよ」

ん？

私はもらいもののシーフードパスタを頬張りながら首を傾《かし》げた。私の好奇心センサーがぴこん、と反応する。

「王子様が書記部にいるんですか？」

「正確に言うと王弟殿下だけどね。……ああ、そういえばマーカス殿下はここしばらく書記部から離れていたから、レンは会ったことがないのね」

「そうそう、王族としての公務を優先されているらしくて、書記部にはもう、二ヶ月くらい顔を出してらっしゃらないわよね」

「殿下も年頃だもんね。あちこちから見合い話も来ているそうよ」

私はフェスティーユ家にいた頃、養父に教えてもらったこの国の王室状況を思い返す。

ベルフォード王国の現国王は、マリウス・ジル・ベルフォード陛下といって、今年二十四歳になったばかりの若殿様。

二十四って、私の従兄《いとこ》と同い歳だよ。彼が大卒で銀行員になって今平社員だから、彼と同じ歳で、一国の王になってるって、すんごいことだね。よくやれるよ。

で、マリウス陛下には既《すで》に奥さんがいて、この人がエデル王妃殿下。国内のナントカ公爵家のご令嬢らしくて、ぶっちゃけ陛下とは政略結婚だけど、顔合わせの時にお互い一目惚《ひとめぼ》れをしたらしく、今でも仲睦《なかむつ》まじいおしどり夫婦なのだと。

それからマリウス陛下の弟君に当たるのが、マーカス・オルグ・ベルフォード王弟殿下。今年十八歳――ってことは高校生相当なんだけど、バリバリの切れ者で既《すで》に陛下の執政の右腕を担っているとか。王弟殿下パネェ。

ただ、お父様の口からは王弟が書記官だってことは聞かされなかった。子爵であるお父様がこのことを知らないわけはないから、多分私に説明する上で端折《はしょ》っただけなんだろうけど。王弟様が書記官とはねぇ。

なるほど、と私は頷《うなず》く。

「マーカス殿下ってそんなに格好いい方なのですか」

「どうしたの、レン。殿下のことが気になる？」

「ま、まあ大人になった時の参考にしたいというか……」

これでも中身は二十歳の女子大生ですからね。イケメンと聞かされて興味が湧いたわけだよ。ちなみに彼氏にしたい！　とかデートしたい！　とかいう類《たぐい》の感情ではない。イケメンは遠くから観察して愛《め》でるもの。あくまで探求心ゆえですよ。

お姉さんたちは私のもごもごした言い訳に納得したのか、ぺらぺらと教えてくれた。

「そりゃあもう、目も眩《くら》むような美貌よ！」

「マリウス陛下とは、また傾向が違うのよね。陛下は筋骨隆々《きんこつりゅうりゅう》なイケメンで、殿下は線の細い知的イケメンってところかしら」

「そうそう。だから、陛下と殿下では、ファンクラブの性質も全く違うのよ」

「……ファンクラブがあるのですね」

一国の王とその弟である王弟は、ベルフォード王国内でもアイドル的存在のようだ。ひょっとしたら、城下町でブロマイドとか売ってるんじゃないかな？

「そうよ。ちなみに私は陛下ファンクラブ」

「私は殿下ファンクラブ。今まで出た会報誌は全部持ってるわ」

そのお姉さんはほら、とテーブルに薄い雑誌をずらりと並べ出した。お姉さん、そんなものどこに隠し持ってたんですか……？

「『殿下の一日』『今日の殿下』……私の一番お気に入りのコラムはこれ、『突撃！　殿下☆秘密のインタビュー』！　毎回ひとつだけ、殿下が読者から寄せられた質問に答えてくださるのよ」

そう言ってお姉さんは、私の手に雑誌を押しつけてくる。恐る恐る開くと、見開き一面にどーん、と殿下の写真が載っていた。

ふーん、この世界にも写真技術はあるんだな、と思ったのが第一印象。

マーカス殿下は、柔らかそうな髪をさりげなく撫でつけて、垂れ気味の目を優しく細めた線の細い美男子、って感じの人だった。この世界の写真技術はまだ白黒写真で止まっているらしく、残念ながら髪や目の色ははっきりしない。ただ色刷りの濃度から、多分髪はグレー系で、目は濃い青か緑だろうと予想した。

にしてもこの世界、数学の進歩が遅いのに、どうやって写真技術などを開発したんだろう。全てを地球基準、日本基準で見たらダメなんだろうけど、どうしてもこの世界の歪《いびつ》さに目がいってしまう。

「……マリエッタ、その雑誌ボロボロじゃない。製本テープで補強しないの？」

「これはいいのよ、持ち運び日常閲覧用だから。実家にはあと二冊ずつあるわ。永久保存用と、布教用と」

……科学技術の進歩には差があれど、アイドル追っかけの文化に関しては、日本と大差ないようだな。友人の真理恵も、乙女ゲームに出てくるナントカ様の枚数限定ブロマイドをいつも持ち歩いてたっけ。

それからしばらくは、陛下派と殿下派に分かれてのディベート状態になったので、私はその間に大人しくお姉さんたちの手料理を平らげることにした。全部美味しいんだけど、なかなかの量だったな、うっぷ。

そうこうしているうちに昼休憩時間は終わりを告げた。お姉さんたちは名残惜しそうにしつつも、「今度は週末にディナーに行きましょう！」とスクラムを組んで宣言している。私は空気を読んで、その場では一人、椅子に座ってただ成り行きを眺めていた。

あまりに陛下殿下トークで盛り上がるもんだから、私はもう一人の有名人――「紅の若獅子」ヴェイン・アジェントについて聞く間もなく、そのこともすっかり忘れていた。

今日は幸いにも、定時に全ての仕事が終わった。騎士団から引き抜き要請の話も特になかったから、本日のお仕事はこれでお終《しま》い。

「よう、レン。よかったら今日、クライドの家に行ってみないか？」

自分のデスクの上を片付けていると、傍らから陽気な声が掛かった。もう後ろを見ずとも分かる。

「ジェレミーさん、どうかしましたか？」

「クライドの家で鹿肉パーティーをするんだとさ。クライドの父さんの趣味が狩猟で、大量に獲れて処分に困ってるそうだ。それで、あり余る肉を消費しようって話になった。おまえ一人ぐらいなら飛び入りでも大丈夫だろうし、どうだ？」

見ると、ジェレミー含む若手男性書記官たちは既《すで》に身支度を終えて、わらわらと集まっていた。彼らに囲まれているクライド・ゼットは、とても自慢気な表情だ。彼は私に気づくと、大股で歩み寄ってきた。

「レン、君もどうだ？　この時期の鹿肉は最高だぞ！　父さんが目の前で捌《さば》いてくれるから、鮮度もばっちり！」

むむ、鹿肉ですか……！　日本では食べたことがなかったから、最初食堂で食べた時にはヒヤヒヤしたけど、思っていたよりも臭みがなくって美味しかった。その鹿肉が獲れたての状態で食べられるなんて、うーむ、涎《よだれ》が出てきそうだ。解体ショーはちょっと、目を逸らしたいけど。

「あ、はい！　是非と……」

『玲奈』

途中でいきなりミーナが呼びかけてきたことに驚き、私はひゅっと息を呑む。ミーナにしろティルにしろ、私が誰かと喋《しゃべ》っている時に割り込んでくるなんて、今まで一度もなかったことだ。

『話し中にごめん、玲奈。ティルがいないんだよ』

『ティルが？』

ミーナに指摘され、初めて私は近くにティルの姿がないことに気づく。呼びかけても、足元からぴょんと子猫のミーナが飛び出してくるだけで、ティルはどこかに行ってしまっていた。

『ティル、どうしたの？』

『さっき玲奈にお遣い頼まれてから、帰ってこないんだ』

ミーナが不安そうににゃあっと鳴く。相棒がいなくなったことに動揺しているその姿に、私も肝が冷えた。

ティルが、いない？

『そんな……悪い人に捕まったとか……？』

『分からない。でも、なんとなくティルの気配は分かる。怒ってるとか、怯《おび》えてるとかじゃないみたい』

ミーナが長い尻尾をぴんと立てて教えてくれる。同じ契約者を持つミーナとティルは、私以上にお互いの絆《きずな》が強いらしい。離れていても、こうやってだいたいの位置やお互いの感情は分かるんだって。

『じゃあ、今から探しに行こうか。ミーナ、ティルにこのこと伝えられる？』

『やってみる』

そう言ってミーナはとととっと、人々の足の間を縫うようにして部屋を出て行った。近くにいた人たちは小さな精霊を蹴飛ばさないよう、慌てて道をあけてくれている。

「……レン？」

間近で声をかけられる。まずい、クライドたちを放置していた。

案の定、私がいきなり黙ってしまったことを心配したんだろう、クライドが眉を寄せて私を見下ろしている。

「レン、大丈夫か？　意識が飛んでるみたいだけど……」

「……はっ。だ、大丈夫です。すみません、ちょっと精霊と会話してて……」

「何かあったのか？」

「はい……すみません、ちょっと用ができたので、鹿肉の件はまた今度……」

「えーっ！　レン、『また今度』なんて言って、次があるとは限らないんだぞ！」

私たちの会話を聞きつけたのか、ジェレミーが馬鹿でかい声を上げる。空気を読んでくれよ、ジェレミー。

「今だ、今を生きるんだ、レン！　今を楽しむんだ！」

なぜ胸に拳《こぶし》を当て、威風堂々《いふうどうどう》と諭《さと》してくるんだ、ジェレミー。

「ジェレミー、彼はきっと、今それどころじゃない。猫の精霊もどこかに行ってしまったし、何か事情があるんだろう」

ジェレミーをクライドが窘《たしな》めてくれる。グッジョブ、クライド。暴走するジェレミーを抑える役目は、あなたにしかできないよ。

「残念だけど、レンとの夕食はお預けだ。レン、またいつか誘うから、その時はよろしく頼むぞ」

「はい……せっかくのお誘いをすみません、クライドさん」

「いいんだよ、それじゃ、また明日」

クライドはそう言って、ひらひら手を振ってくれた。

私は急いでみんなに挨拶をして回り、書記部を出た。ジェレミーは最後まで名残惜しそうにこっちを見てきたけど、ええい、そんな目で見るな！

私の分まで鹿肉を食べてなさい、ジェレミー！

ミーナは、廊下で待ってくれていた。廊下に座って体をピンと伸ばし、天井の方を見上げている。さわさわとひげが動く。ティルの気配を感じ取っているんだろうか。

『お待たせ、ミーナ。……ティルの様子はどう？』

『部屋を出たらなんとなく分かるようになった。あっちだ』

そう言ってミーナはたたっと駆け出した。慌てて私も後を追う。

すれ違う人たちは、精霊であるミーナと少年書記官の追いかけっこをほほえましそうに見ている。だけど、途中で老婦人に「廊下は走らないの！」と小学校の先生みたいに注意されてからは、すぐに私もミーナも早歩きにシフトチェンジした。

廊下を歩き、階段を上がるにつれ、私の中の不安がどんどん膨れ上がっていく。

仕事が終わる前、私は確かにティルにお遣いを頼んだ。その時の宛て先は二階下の書記部だったから、お遣いに行くだけなら、階段を上がる必要はないはずだ。

『どうしてティルは上の階に行ったの？』

『分からない……でも、ティルの近くに別の精霊の気配がある』

「精霊の？」

思わず声に出る。廊下を曲がった先でミーナが振り返り、にゃあ、と一声鳴く。

『そう、それもかなり強力な精霊の。でも、やっぱりティルは怯《おび》えてたり怒ってたりはしてない。というか……畏《かしこ》まってる感じ？』

「か、畏まる？」

『そう。……あ、向こうから来るよ！』

ミーナが一歩後退して、私の足元に擦り寄ってくる。私はぐっと息を呑み、意を決して廊下の曲がり角から身を乗り出した。

長く続く赤のカーペット。考えなくても分かる。ここを跨《また》げば、執務区じゃない。カーペットの廊下には、がっしりした鎧《よろい》を纏《まと》った騎士——侍従騎士の姿があった。

そうだ、ここから先は王室居住区。王家の方々が住まうエリアに繫《つな》がる廊下だ。

おいおい、まさかティル、こっちに行ったのかい。しかもティルが畏まる相手って、それはつまり——

『来た』

ミーナが鳴き声を上げる。私は廊下の向こうからやって来る人物に目が釘付けになった。

赤いカーペットの道を歩いてくる、一人の女性。ふわりとしたミント色のドレスは裾《すそ》の広がったAラインで、幾重にも重なったドレープが、歩く度にふりふりふわふわと広がっている。

緩《ゆる》く巻いた髪は華やかな金色。窓から差し込む夕日を浴びて眩《まぶ》しいくらいに輝いている。金髪の人はこの国に来てたくさん見てきたけど、彼女の色はまた格別だ。かなり淡くて、けれどキラキラ光っている。星の粉でも撒《ま》いたかのように眩《まぶ》しい。

ちょっとだけ吊り気味の目は、真《ま》っ直《す》ぐこっちを見ている。きれいな深いコバルトブルーの目。まだ彼女と距離があるというのに、その深い青の衝撃に、私は体中が震えそうになった。

とにかく、本当に人間かってくらいきれいな女の人だった。純日本人の私では逆立ちしても手に入れられない美貌ってのを、この人は完璧に備えている。あ、考えるとなんだか虚《むな》しくなってきた。

女性の肩にはちょこんと、二匹の鳥が乗っかっている。片方は見たことのない、尻尾がびろーんと長い小鳥で、もう片方は――

「ティル！」

思わず駆け出しそうになり、すんでのところで踏みとどまる。危ない。相手は「王室居住区からやって来た女性」だ。もうなんとなく彼女の正体は分かっているとはいえ、レッドカーペットエリアに、こんな泥だらけの足を踏み入れるなんてとんでもない！

女性は私が前のめりの状態でゆらゆらしているのを見て、くすっと笑ったようだ。

うむむ、笑われたというのに全く不快にならないどころか、嬉しくなるってのは、これいかに。

「……聞いた通り、活発な少年ですね」

女性は私の前まで来て、ちりんちりんと鈴を鳴らした――じゃないや。これ、この人の声だ。やばい、本当に鈴を鳴らすような声って存在するんだ。異世界の美人パネェ。

女性はその場にしゃがみ込み、私と目線を合わせた。あああ、しゃがんだらきれいなドレスの裾《すそ》が汚れちゃいますよー！

女性からは、ほんのりと甘い香りがした。コロンだろうか。上品な香りが鼻孔一杯に広がる。

「……あ、あの、私は……」

「話はこの子から聞きました。ごめんなさい、大切な精霊をお借りして」

女性がそう言うと、彼女の左肩に乗っていた方の小鳥――ティルがばさっと翼を広げ、私の肩めがけて滑空《かっくう》してきた。

「ティル！　今まで何してたの！」

『ごめんね、玲奈、ミーナ。王妃様の精霊とお話ししてて』

王妃様。

はいはいはいはいはい、やっぱりそうでしたか。いや、大体予想は付いてましたけどねー。

まさか、本当に王妃様でしたか。

私はこちらを静かに見つめてくる王妃様の前で、急ぎ膝を折った。書記部に入った日に教えてもらった、貴人と対する時の男性の礼の仕方だ。

「私の精霊が失礼しました。私は書記官のレン・クロードです。王妃殿下におかれましては、ご機嫌麗《うるわ》しゅう」

「……丁寧な挨拶をありがとう、レン。そう畏《かしこ》まらなくていいですよ」

いや、畏まるなと言われても無理ですけど……

王妃様――ベルフォード国王マリウス陛下の唯一の奥方、エデル・マリア・ベルフォード妃殿下は、なおも頭を下げたままの私を見て、ふふっと笑ったようだ。

「わたくしの精霊が、あなたの精霊を見つけて声をかけたそうで。ごめんなさいね、好奇心旺盛な子で、同じ鳥形の精霊を見かけて我慢できなかったらしいの」

ね？　と王妃様は優しくご自分の精霊を撫でた。そっと顔を上げると、王妃様の右肩に乗っている尻尾の長い鳥が、くすぐったそうに目を細めているところだった。

王妃様は精霊から目を離すと、もう一度私に目を向けた。うう、間近で見る美女って、やっぱり迫力がある。

「……あなたがレンですね。話には聞いていました」

「わた、私のことをですか？」

「ええ。義弟のマーカス殿下が書記官ですから。今はしばらく書記部から離れていますが、一月近く前に行われた書記官登用試験結果の資料に目を通されていましたよ。たったの十歳で合格したというあなたのことを、殿下も大変興味深そうに語られていました」

「……そうですか。恐れ多いことです」

うーん……やっぱり十歳の書記官って悪目立ちするんだな。会ったこともないマーカス殿下にも興味を持たれ、こうして初対面の王妃様にも声をかけられて。

……あれ？　ひょっとして私、望んでもいないフラグをバンバン立てちゃってたりします？

『玲奈、一度立ったフラグは大抵、何らかのイベントを起こすんだよ』

心の声にミーナが口を挟んでくる。ええい、言われなくたって分かってら！

王妃様やら王子様やらに目を付けられたが最後、レン・クロードは平凡な人生を歩めないって、決まっちゃったようなもんだよ。

王妃様は身を固くする私を見て、そっと立ち上がった。またコロンのいい香りが漂《ただよ》う。

「今日はあなたに会えてよかった。レン」

「……はっ、ありがたき幸せです、妃殿下」

「将来が楽しみです。日々努力し、職務に励みなさいね」

王妃様はそれだけ言って微笑み、さっと身を翻《ひるがえ》した。

私はその場に膝を突いたまま、呆然と王妃様の後ろ姿を見送るしかできなかった。今になって、心臓がばくばく鳴っていたことに気づく。緊張のあまり、体中の色々な感覚が吹っ飛んでしまってたようだ。

王妃様と私のやりとりをじっと見守っていた騎士たちは、王妃様が奥に戻っていくのを見て緊張から解放されたというように肩を落とした。それから私の方を見て、「さっさとガキは帰れ」と言わんばかりの冷めた視線を送ってくる。ちくしょう、何も言われずとも帰りますよーだ！

『ティルだけずるい！　ミーナも王妃様の精霊と話したかった！』

『ティルは鳥だからいいの。ミーナには無理なの』

『ずるいーっ！』

私の両肩にそれぞれ乗って言い合いをするミーナとティル。お互い言いたいことはあるんだろうけど、そこで言い合いするのはやめれ。あなたたちの会話の仲介をしてる私の身にもなってほしい。

来た道を戻りつつ、それにしても、と私は思う。

ミーナの言った通りだ。きっとこれから先、今日おっ立ててしまったフラグを回収する日々が始まるんだろう。

グッバイ平穏な日々。こんにちは修羅の毎日。

これからのことを考えると気が重くなり、私は溜息をついて、自室への道をとぼとぼ歩いていった。

＊＊＊

はい、ここで問題です。そもそも私、どうして書記官になろうと思ったんでしたっけ？
1　金のため
2　フェスティーユ子爵家に面倒を掛けないため
3　元々この世界の人より数学ができたため
4　なんとなく
答えは……そう！

5の「書記部の書物を読むため」でしたー！

まあ、1から4も、正解っちゃ正解なんだけどね。私自身、書記部に入ってからの日々に忙殺されて、本来の目的を忘れかけてましたよ、てへっ！

でもまあ、採用されてすぐの新入が、「書記部秘蔵の書物を見せてください」なんて言い出したら、それはそれで色々不審に思われるよね。ただでさえ十歳の少年書記官という滅多にないケースなんだから、初っ端《しょぱな》からこれ以上目立つのは、ダメ、ゼッタイ。

というわけで私が書記官になって早二ヶ月が経《た》ち、私が本来の目的を忘れかけていた頃――ジェレミーのさりげない一言で、私の中の探求心が再び燃え上がったのだった。

「見ろよレン！　この鍵の輝きを！」

書記官にとっては貴重な休日。私はこの日、自室でミーナとティルと遊んだり、この前もらったお給料の使い道を考えたりしていた。

書記官の給金は、初任給で月に二万ゴルド。ただしこれは三十歳の新人書記官の場合で、年齢によってここからプラスマイナスされるんだ。簡単に言うと、歳がひとつ上がると五百ゴルド上がり、ひとつ下がると五百ゴルド下がる。

これが最初の基準で、そこから先は年功序列プラス働きぶりで給金は上がっていく。まあ、日本とそう大差ない制度だね。

ただしこの初任給、私に当てはめるととんでもないことになるわけで。

三十歳の新人書記官が二万ゴルド。十九歳のジェレミーの場合は、五百×十一ゴルドを引いて、一万四千五百ゴルド。日本円だと大体十四万円だね。こう見ると薄給っぽいけど、日本とベルフォードじゃ物価が違うから、十九歳の初任給としては破格の値段だ。

じゃあ、私の場合は？

十歳の私だと、なんと初任給は一万ゴルド。日本円だと十万円。元が二万ゴルドだから、ざっくり半分削られてるんだよ。

これにはさすがに書記部の上層部でも物議《ぶつぎ》を醸《かも》したらしくて、「十歳とはいえ、あの仕事ぶりで一万ゴルドはかわいそう」派と、「十歳だから別にいいじゃないか」派で票が割れたそうな。給与日の数日前に何やら遅くまで会議していると思ったら、私の給与についての緊急会議だったんですか！　申し訳なさすぎる！

そもそも私には借金とか実家に送る金とか、そんなものはない。生活費以外に金を使うこともないので私の給与のことでこれ以上書記官長や副長を煩《わずら》わせなくて済むよう、私の方から「一万でいいです」って訴えに行った。

そういうわけで私のお給料は月に一万ゴルド。書記部で暮らすための生活費は月に三千ゴルド程度だから、給与の三分の一が吹っ飛んでいくことになるけどもう別にいいや。生きていけるだけで十分だ。

残ったお金でそろそろミーナたちのために新しいベッドを買ってやろうかとか、この狭くて物の少ない社宅に家具でも置こうかとか、ほくほくと考えていたんだけど——

そこに来襲してきたお兄さん。

私は寝転がっていたベッドから体を起こした。ミーナとティルは既《すで》に臨戦態勢で、主人である私がおくつろぎ中にノックも無しに飛び込んできた不埒《ふらち》な男に対して、毛を逆立てていた。

『こいつ、玲奈が着替え中だったらどうするんだ！』

『ねえ玲奈。ティルとミーナでこいつ、倒してもいい？』

『倒すのだけはやめてあげて』

『じゃあ、毟《むし》ってもいい？』

『やめてあげて』

今回は鍵を掛けてなかった私にも非がある。

精霊たちが本気を出せば、生身の人間一人くらい一瞬で消し炭にしてしまうそうだ。今のところミーナやティルがその「本気モード」になった姿はお目に掛かったことはないけど、願わくば可愛いままでいてくださるように。

私は精霊たちを抑えつつ、突然の闖入者《ちんにゅうしゃ》を三白眼《さんぱくがん》で見上げた。

「……休日にいきなり来てなんですか、ジェレミーさん」

「おうよ。実は念願の許可が下りてよ。レンにも見せてやろうと思って」

へっへーん！　と口に出しながら、ジェレミーは手に持っていたものをこれ見よがしに掲げてみせた。

見たところ、さびっさびに錆《さ》びた古い鍵だ。さっき本人が言ったような「輝き」は、特に見あたらない。ファンタジー世界にありそうな、持ち手の所に見事な意匠《いしょう》が施《ほどこ》された、ただの金属製の鍵に見えるけど。

「……それは、どこの鍵ですか？」

「ふふん、聞いて驚くなよ。実はコレ、書記部秘蔵の書庫の鍵なのだー！」

両腕を天に突っ張るようにして振り上げ、馬鹿でかい声を上げるジェレミー。

はいはい、そりゃすごいですね。書記部秘蔵の——

「……ジェレミーさん、今なんて？」

「おおう、おまえ今、すっげぇ凶暴な目つきをしてんぞ」

それは分かってるから。

聞き間違いじゃなければ、今、それは書庫の鍵だと——？

「これはよ、俺が書記官になった次の日に予約して、やっとのことで順番が回ってきた書庫の鍵だよ」

私が興味津々《きょうみしんしん》なのが分かったのか、ジェレミーは自慢気にふふんと鼻を鳴らし、手の中でポンポンと鍵を弄《もてあそ》ぶ。

「書記官になって早二ケ月……これでも通常よりは早いらしいが、あそこの閲覧は予約待ちなんだよ。今からの予約だと三ケ月待ちだそうだ。今日は、四時間だけ使用許可が下りたんだ」

「ジェレミーさんが書庫に……？」

書庫って……あれだよね？　異世界の乙女であるミナミ・ミヤノについての記述やらの秘蔵書が眠っているという、あの！

そうだよ、私が書記部に入った本来の目的は、元の世界に帰る方法を得るためじゃないか！

すっかり忘れてたよ！

「その鍵を今すぐ私に寄越せ！」と言いたくなるのを堪《こら》え、私はジェレミーに一歩詰め寄る。

「そ、それでジェレミーさんは今から、その書庫へ？」

「おう。……といっても俺が読みたい本はほんの数冊だから、四時間も要らないんだよ。二時間あれば十分で……なあレン、知ってるか？」

「な、何を？」

「書庫の使用時間は四時間と決まっているが、お互いの身分が証明できて双方の同意が得られた場合、持ち時間を分割して別人と一緒に入室してもいいことになってるんだ」

なんと！　それじゃあジェレミー、ひょっとしてその提案をするために私の所に……？

私の目の色が変わったのを見てか、ジェレミーはニヤリと意地悪く笑って鍵をポケットに突っ込んだ。

「さーて、どうしようかなぁ。俺の持ち時間のうち半分の二時間を、誰かにあげてもいいんだけどなぁ……」

「ください！　僕にください、ジェレミーさん！」

私はすぐさま天高く挙手する。知らなかった。書庫の閲覧が許可制になっていたなんて。書記官ならいつでも入れるものだと思っていたよ。

ここでジェレミーに時間を分けてもらえれば、二時間も本を読み放題だ。同じ部屋にジェレミーがいるという状態は少し気になるけど、異世界の乙女について知ることができるなら、どうだっていい！

「掃除洗濯、何だってするから、僕も一緒に行かせてください！」

「えー、じゃあ代金二百ゴルド――」

「払います！」

「え……まじか？」

まじだとも。給料の使い道は色々あるけど、書庫の本をすぐに見るためと思えば安いものだ！

ジェレミーは、私がまさかこんな交渉に乗ってくるとは思っていなかったのか、緑の目を見開いて一歩後退する。なんだ、そっちから言ってきたくせに。

「いや、そりゃあ俺も金は欲しいけど……ほんの冗談だって、レン。誰もおまえから二百ゴルドもせしめようとは思わないって」

「じゃあ、何をすればいいんですか？」

「何もしなくていいよ！」

半ば叫ぶようにジェレミーは言う。あれ、無償でいいのか？　本当に？

「いいのですか、ジェレミーさん？」

「……ちょっと意地悪しようとしただけだって。クライドたちならハイハイって受け流すから、おまえもそんな感じだろうと思ったんだよ。まさか、こんなに馬鹿正直に答えるとはな」

「馬鹿は余計ですっ」

「褒《ほ》めてるんだよ」

ジェレミーはやれやれとばかりに頭を掻いて苦笑いし、ポケットからさっきの鍵を出した。

「ほれ、話は終わり。交渉成立。さっさと仕度して行くぞ！」

「はい！　ありがとうございます！」

私は破顔して、急ぎ上着を取った。

ありがとう、ジェレミー！　そして待っていろ、書庫よ！

書記部秘蔵の書庫は、執務区二階の書記部エリアにあった。四、五階にいることが多い私は普段行かない場所なので、階段を下りながらもその雰囲気の違いに、きょろきょろと辺りを見回してしまう。

「ちゃんと前を見て歩けよ」

ジェレミーは落ち着かない私を見て笑い、ひときわ立派なドアの前で足を止めた。私もジェレミーの後ろで、ドアを見上げる。ドアプレートには、「書記部書庫」と古びたインクで書かれていた。

「二時から予約のジェレミー・グランツだ」

私が辺りを見回している間に、ジェレミーはドアの横にいた年配の書記官に許可を取っていた。

「俺の名前で四時間取っているが、こっちにいるレン・クロードも同時入室したい。よって、俺とレンで二時間利用したいんだが」

「……レン・クロードかね」

落ちくぼんだ目の書記官は、じとっとした視線を私に向けてきた。根暗な雰囲気の男性書記官で、今まで会った覚えがない。多分彼は、この書記部書庫の専属なんだろう。

彼は私のバッジを確認した後、持っていたボードにさらさらと何か書き付け、私をちらと見て鼻を鳴らした。

「……十歳のガキの分際で。くれぐれも稀覯本《きこうぼん》を汚すなよ」

「……かしこまりました」

一言余計だよ！　と胸の奥でだけ叫んでおく。

書記官に促《うなが》されてジェレミーがドアを開け、二人で書庫内に入る。ツンと漂《ただよ》う防虫剤の臭いに、私は鼻の頭に皺《しわ》を寄せた。

でも、臭いも書記官の態度の悪さも、ジェレミーが部屋の灯りをつけたとたん、全部吹っ飛んでいく。

部屋の広さは、普段使用する食堂くらいだろうか。そこはとにかく棚と本まみれだった。ひんやりとした空気の中、重々しい雰囲気の本がひしめき合っている。

「……きっかり二時間。それまでは別行動な」

ジェレミーはドア付近に鍵を置き、あんぐり口を開けっ放しの私に向かって笑いかける。

「別に俺はおまえ個人の事情を探ろうとは思わないから。俺も自由にさせてもらうし、おまえも時間いっぱい、本を読んでいきなよ」

「……は、はい！　本当にありがとうございます、ジェレミーさん！」

「いいっての」

ジェレミーは片手を振って、さっさと本棚の山の方へ向かっていく。最初からお目当て本を決めていたのか、ジェレミーは迷いない動作で本棚から本を引き抜き、すぐさま熱心に読み始めた。

私とジェレミーとでは、そもそも求めている本の種類が違うんだ。幸いジェレミーは自分の用事で忙しいみたいだし、さっき彼自身が言った「おまえの個人事情を探ろうとは思わない」という言葉を信じて、私の方も目当ての本を漁《あさ》らせてもらおう。

よし、と私は気合の鼻息を出す。

制限時間は二時間だ。その間に、読めるだけの本を片っぱしから読んでやる！

といっても、二時間って制限時間は正直厳しい。おまけに入室する時入り口にいた書記官にもらったカードを見ると、蔵書の内容をメモすることと、室内で精霊を呼ぶことは禁じられていると書かれていた。

どうやらこの部屋自体に精霊を封じる障壁が張られているらしく、さっきから試しにミーナたちに呼びかけているけれど、反応がない。登用試験の時に着けた腕輪と同じだ。いなくなったわけではなく、精霊たちとの連絡手段だけ断たれているってところだろう。

ただあの時と違って、ジェレミーの言葉はちゃんと理解できた。自動翻訳《ほんやく》機能は生きているみたいだ。せっかく書庫に入ったのに言葉が理解できなかったら絶望だったね。よかったよかった。

ゆらゆらゆらめく灯りの中で、私は脚立《きゃたつ》に上がっては下り、本を取っては戻しの作業を続けた。

この書庫、学校の図書館のような分類番号が明記されていないから、どこにどのジャンルの本があるのか、自分で探さないといけないんだ。

古代の生物……じゃない。戦争の歴史……興味あるけど今はいいや。貴族婚姻家系図……うわ、ちらっと見ただけでも相当な修羅場《しゅらば》が窺《うかが》えるよ。昔は近親婚も当たり前だったのか……じゃなくって。

子どもの体には、脚立《きゃたつ》を上《のぼ》り下《お》りするのもなかなか苦痛だ。なにしろ身長が足りない。二十歳の体だったら百六十センチはあったというのに、今は百四十ちょい程度。背伸びしても届かない本があって非常に残念だ。

探し続けて十数分。そろそろ読み始めなければ……と思っていた矢先、ようやっと目当てのジャンルを見つけた。

異世界について……よしキタ！　それから……おおっ、精霊について。これも、もーらい！

私はめぼしいものを数冊見繕《みつくろ》って、いそいそと脚立《きゃたつ》を下りる。ここで、友人が大好きな乙女ゲームみたいに脚立《きゃたつ》から落下、なんて目には遭《あ》いたくない。そんなことになったら真っ先に飛んでくるのは、イケメンのヒーローじゃなくてジェレミーだ。さらに、私が異世界やら精霊やら女神やらの本ばかり集めている姿を見られるのは、あまり好ましい状況ではないだろう。

落ちないよう焦らないよう、両腕に本を抱えて脚立《きゃたつ》を下り、近くの読書机に向かった。本棚と本棚の隙間に等間隔に据《す》えられたテーブルにどんと本を置き、辺りの様子を窺《うかが》う。遠くから、ジェレミーのくしゃみの音がする。よし、周囲確認オッケー。

私は壁に背を向け、椅子を動かした。書架の間の通路が目の前に見える場所に移動して本を開く。そうして、指先で字を追いながら書物を読み進める。

――本に書いてあった内容は、以前ミーナやティルが教えてくれたことと、そう大差なかった。

むしろ、精霊本人であるミーナたちが教えてくれたことの方が詳しいくらいで、正直ガッカリする。

ただ、新しい情報は少なかったけれど、私がこの異世界でいかに特別対応されているのかってことが分かった。

ミーナたちも、「女神様の考えることはよく分からない」的なことを言ってたけど、さすがは腐っても女神。おいそれと人間の前には姿を現さない。最近で女神が堂々と人前に現れたのは、それこそ五十二年前。

地球から宮野皆実が召喚された時、初めて女神はベルフォード王国の国王の前に現れたんだとさ。それで、「異世界の乙女を呼びました。彼女と共に、この世界をよく導きなさい」と国王に告げたそうな。

……私、女神ってもっと偶像崇拝《ぐうぞうすうはい》的なものかと思ってた。でも、精霊たちは普通に女神と接していたみたいだし、何よりも人間が女神と対面したっていう記録が残っている。こりゃあ、みんなも女神の存在を信じるしかないよね。

でも、女神は必要以上にこの世界に干渉しないことになっているらしい。彼女が持ち合わせている知識を人間に与えることも、神々の中では御法度《ごはっと》だそうだ。

その唯一と言っていい例外が、異世界人なのだという。

私は前にミーナたちが言っていたことを思い出す。

『玲奈だからいいんだよ』

これがつまり、この世界における私やミナミの「立ち位置」なのだろう。

女神は、異世界から呼んだ者に対してのみ、自分の知識を与えてもよいそうだ。ただし、その場合、大抵は本人でなく、その人間と契約を結んだ精霊越しに伝えられるそうだけど。

精霊は人間や動物より女神に近い存在だから、たくさんの知識を蓄えている。だからといってそれを、やたらめったら契約者に伝えることはできない。

人間と契約した時点で、精霊たちにストップが掛かるんだってさ。おまえの契約者はこの世界の人間だから、重大秘密を伝えてはならない、という風に。

ミーナやティルの場合は、異世界人である私と契約したから、その制約が掛からなかったんだね。

……んで。話はよく分かったけど、じゃあ私もその女神様に召喚されたってことでいいのかしら？　ファイナルアンサー？

それじゃあ、なんで待てど暮らせど女神様は現れないわけ？　その点に関してはミーナもティルも何も教えてくれないし、どういうわけよ？

私は本を膝に置いて、胸の前で両手を組み合わせて目を閉じる。

『女神様。女神様が私を召喚したのなら、早く用件を教えてください』

『あとついでに、どうして幼女化したのかも教えてください』

なむなむなむ、と念じてからそっと目を開けるけど、はい、そこには相変わらず埃《ほこり》っぽい書庫の風景が広がるだけ……じゃなかった。

「……祈りの練習か？」

偶然、本当に偶然通りかかった様子のジェレミーが、両腕に本を抱えて怪訝《けげん》そうにこっちを見つめていた。

ああ、かわいそうなものを見る目で見ないでくれ！

「……そ、そう。古い呪術らしいんです……あははは」

「…………………そうか」

その沈黙やめい！　私のハートに極大ダメージだからやめて！

「まあいいけど。それより制限時間、あと三十分だからな」

「もうそんなに経《た》ったんですか！」

「俺もビックリしたところ。時間になったらあの鬼書記官が呼びに来るだろうから、それまで堪能《たんのう》しとけよ！」

ああそうだ。忘れてたけど、ジェレミーの気遣いで私は書庫に入ることができたんだ。

ジェレミーが本を抱えたまま通り過ぎていってから、私は別の本を何気なく開いて――

「……ぅおっ！」

「おい、どうしたレン」

「な、なんでもないです。埃《ほこり》で咳が出ただけ！」

遠くの方からジェレミーが気遣う声がしたので、慌ててごまかす。

私は思わず変な声を出してしまった喉《のど》に手を当てて、恐る恐る今見たページに目を落とす。

見てくれは、その辺にもありそうな紐綴《ひもと》じの冊子。でも中身は、明らかにこの世界の言葉じゃない言語で書かれた手記だった。

私はそっと、表紙を見た。赤さび色の革表紙には金色の刺繍《ししゅう》で、「異世界の乙女の手記・印刷版」と書かれている。

あああ、これ、宮野皆実が書いた手記だ！　言語？　もちろん日本語だよ！

この世界の人はどうやってもこれが解読できなくて、刷った後に製本したまま書庫に収めたんだろう。イサークも日本語のことを「神の御文字」って言ってたように、こっちの世界の人からすれば意味不明な言語だもんね。

読めなくてもとりあえず保管しておいてくれてありがとう……うおおお、読める、読めるぞ！某アニメの大佐じゃないけど、嬉しいくらい読めるぞぉ！

それまでの本は全部、字を読むのに手間取って時間が掛かったものの、日本語で書かれたそれは脳内変換も何も必要ない。

私は日記風のそれに、噛《かじ》りつくようにして文面を追った。

『ひょっとしたら、私の後にもこの世界に来る人がいるかもしれない』

あっ、これ私のことだね。宮野皆実はきちんと、自分と同じように異世界召喚される日本人のことを案じてくれていたみたいだ。

『私は、宮野皆実。日本のT県に住むOLだった。実家は極貧《ごくひん》で、バブル経済が弾《はじ》けた直後に父の会社が倒産。弟妹を多く抱えた我が家は経済危機に陥《おちい》った……そんな時、私は女神様の手で召喚された』

バブル経済……ん？

私はそこまで読み、はてと首を傾《かし》げる。

生まれる前の出来事だからよく分からないけど、確かバブルが弾《はじ》けたのは平成の頭だったはずだ。ということは、今から大体二十数年前。でも、異世界の乙女ミナミがこの世界に現れたのは五十二年前だ。

地球とこっちの世界では、時間の流れが違うんだろうか？

『私は荒れ狂う世を鎮めるため、戦争真っ最中のベルフォード王国に召喚された。でも、私はただのＯＬ。不思議な力も魔力も、何も持っていない。

けれど私の側には、光り輝く生き物がいた。精霊と呼ばれる彼は、見た目は動物園で見かけた馬に似ている。だけど、額《ひたい》に角が生えていて……ユニコーンと呼ばれる生き物だということに、後で気づいた。彼はいつでも私の側に、心の中にいて、私を救ってくれた』

ほう、ミナミの精霊はユニコーンだったのか。ユニコーンを従える異世界の乙女……うーん、私とは全然違うな。あ、でもミーナたちに不満があるわけじゃないよ。ミーナとティルは十分可愛いし。

『私は諸国を回り、戦争をやめるよう訴えることにした。私の言葉に説得力があったとみんなは言ってくれるけれど、結局は、私の背後に女神様の姿があったからこそ、私の言葉が世界に響いたのでしょうね。約一年掛かったけれど、諸国は武器を収め、ひとまずの停戦条約が結ばれた。

停戦条約の盟主となったのは、私がこの世界で最初に出会った人間であり、私を保護してくれた人……ベルフォード王国の若き国王、カイル・ユーリ・ベルフォードだった』

ベルフォード国王カイル——確か、今の国王陛下のお祖父さんに当たる人だ。その人は異世界の乙女と結婚したと言われていて、今の王家にも日本人の血が流れているとか。うん、この先の展開はある程度読めたぞ。

『私は、ひと目見た時からカイルに心を奪われていた。絶望的な状況の中でも決して屈せぬ心を持った強い人。それでいて、孤独な心を押し殺して一人で涙を流す、弱い人。

強さと弱さを併《あわ》せ持ち、その両方の姿を私に見せてくれたカイルに、私は恋していた。

私の片想いだと思っていたけれど、彼は役目を終えて地球に戻ろうとしていた私を引き留めてくれた。妻になってほしい、王妃として自分を支えてほしいと、言ってくれた。断るはずもなかった。

このことを女神に伝えると、女神はこの世界と地球との繋《つな》がりについて教えてくれた。私がこの世界にいる間、地球での時間は進まない。でも同時に、私はこの世界での成長が全て止まっているんだと』

——どくっと、心臓が大きく鳴る。

文面を追う指先が、止まる。私は息を呑み、目だけで文字を追っていた。

『変だとは思っていた。こっちに来てから、一度も月のものが来なかったから。

地球の時間を止めている以上、こっちの私の時間も進まない。だからカイルと結婚しても、このままでは彼と子どもを作ることはできないのだ。

その対処策はひとつだけ。地球の時間を進めること。

私はその提案にすぐ乗った。地球では極貧《ごくひん》生活。長女の私は給料も全て家族に搾取されて、両親から虐《しいた》げられ、弟妹たちからも蔑《さげす》まれていた日々……そんな毎日から逃げたかった。いっそ、地球での私はいなくなってしまえばいいとさえ思った。

その日から、私の中の時間は動き出した。異世界の乙女である私を、多くの人が受け入れてくれた。自分の娘をカイルの妻にしようと企《たくら》んでいた人たちは結婚に反対したけれど、カイルは全てから私を守ってくれた。

私たちには、子どもが生まれた。男の子が二人と、女の子が一人。とても、幸せだった』

そう綴《つづ》る文面も、とても穏やかで落ち着いていた。

ミナミは幸せになったんだ。恋した人と結ばれて、夫に守られて、みんなからも祝福されて。

本当に幸せだったんだろう。

でも、彼女は――

その後の文面は、焦って書いたのか、少しだけ字が歪《ゆが》んでいる。

『でも、私は知ってしまった。知らなければよかったと、いまでも思う。

私は帰らなくてはならなくなった。そうしないと、地球に残された家族がひどい目に遭《あ》う。

女神様の力宿る夢を見て知ってしまったのは、やせ衰《おとろ》え、路頭《ろとう》に迷う家族の姿。

ざまあみろと言いたいのに、言えなかった。私の名を呼ぶ両親が、弟妹が、見捨てられなかった』

……何？

まさか、ミナミが病気で死んだと偽《いつわ》って地球に帰った理由は……これなの？

書いているうちに少し落ち着いたのか、その後の文字は先ほどより安定していた。

『女神に聞いてみた。地球と異世界を行き来できるのは、それぞれ一度だけなんだそうだ。だから、一度向こうに戻ったら、もう二度とこっちには戻って来られない。愛する夫にも可愛い子どもたちにも、会うことはできない――

彼は最後まで反対した。ここにいてくれ、自分を支えてくれと言ってくれた。すごく嬉しかった。

それでも私は……戻らなくてはならなかった。最後には彼も折れてくれた。

事実はほんの僅かな者たちのみに伝え、子どもたちにも、私は流行病《はやりやまい》で亡くなったと伝えてもらうことにした。

彼は誓ってくれた。私がいなくなっても、新しい妃は決して娶《めと》らないと。こんな私のために、彼は最後まで愛を貫いてくれた』

その後の記述は、ページを跨《また》いでバラバラに書かれている。まるで、当時のミナミの心の中を表しているかのように、字体は乱れてインクの染みもひどい。

『準備は整った。私は明日、日本に帰る。もう二度と、この世界には戻ってこない。

これを読んでいるあなたは、ここで好きな人ができましたか？

愛する人はいますか？　大切な人と日本を比べてみて、どちらが重いですか？

どうかあなたは、自分にとって最善の道を選んでください。私は愚かな選択をしてしまいました。

この世界に住む全ての人を裏切る道に進んでしまうのです。

それでも、私は――』

愛する人？

日本とどちらが重いか……？

『だからどうか、あなたは幸せになってください。あなた自身も幸せになって、あなたを大切に想う人たちのことも、幸せにしてあげてください。私は、故郷に帰ります。

私と同じ日本人のあなたへ。どうか、幸せに。

あなたが幸せであることを、私は何よりも願っています』

ミナミは、願っていた。とても儚《はかな》い、自分を犠牲にした想いを。

『もし……もしもあなたがカイルに、そして私の子どもたちに会えたなら、どうか伝えてください。ミナミはあなたにとってひどい妻、ひどい母でしたが、それでも……

あなたたちと出会えて幸せだったと』

遠くで、怒鳴り声がする。時間になったんだろう。おじさん書記官の催促に、ジェレミーがおざなりな返事をしているのも聞こえる。

私はそっと、手記を閉じた。最後の方の、ミナミの文字。急いで書いたんだろう、ところどころ乱れた、必死な字体。

ミナミは本当に、幸せだったんだ。好きな人と出会って、結婚して、子どもが生まれて。

ミナミは、この世界で好きな人をたくさん作った。それも悪いことではないだろう。でもそれが、結果としてミナミを苦しめることになった。日本に残してきた家族を捨てきれなかった彼女は、周りの人に永遠の別れを告げることになってしまって。

それじゃあ……私はどうなんだろう？

私には、この世界で好きな人なんていない。最初から日本に帰るつもりでいる。そのために、書記官になったんだから。

テーブルに広げていた本を一冊一冊本棚に戻しつつ、私は思う。

ミナミは私に、幸せになれと言ってきた。でも、私はそんな器用な性格じゃない。

この世界で親しくなった人、お世話になった人もいるけれど、日本に残してきた家族だって恋しいし、やっぱり地球に帰りたい。両方手に入れるなんて、不可能だ。

だったら話は簡単だ。

私は、好きな人を作らない。帰る時に悲しまなくていいように、誰のことも好きにならない。

ううん、悲しむのは私だけでいいんだ。そう考えると、フェスティーユ子爵家のみんなや書記部の人たちとこんなに親しくなったのは、間違いだったのかもしれない。

全ての本を戻して、私はジェレミーと部屋を出た。部屋の入り口には既《すで》にさっきの書記官が待ち伏せしていて、「遅い」だの「これだからガキは」だの言ってくるが、無視無視。時計を確認したけど、ちゃんと時間内に戻ってきている。この世界の人たちが、全員この書記官くらい性格悪かったら、地球に帰る時も悲しまずに済むのかもなぁ、とも思ったりして。

『玲奈？』

すかさず、脇からミーナとティルが飛び出してきた。不意打ちのことに、隣にいたジェレミーが驚いたように身をすくませたけど、ミーナたちはお構いなしで私に擦り寄ってくる。

『おかえり、玲奈。元気ないよ？』

『ティルたち、待ってたよ。玲奈、大丈夫？』

精霊たちは、私の気持ちを敏感に察してくれる。隣で「うおお、びっくりした！」とか鳥肌さすりながら叫んでいるお兄さんとは大違いだ。

『大丈夫だよ。ちょっと、色々考えることがあっただけで……』

『そうなの？　そこの人間に何かされたの？』

『そうなの？　だったらミーナが丸焼きにしてあげるよ？』

『そ、それはいいから！』

かぱっと口を開けるミーナを慌てて制する。ミーナの口の中で異次元の光が渦巻いていた。やめてよ、王宮内で殺傷事件とか。精霊って意外と攻撃的なのかな？　まあそれは置いといて……

私は窓の外に目をやった。午後四時の中庭はまだまだ明るくて、人々の笑い声がここまで届いてくる。

私は、いつか必ず地球に帰るんだ。

そのために、書記官になったのだから。

第4章　若獅子との出会い

「消耗品の注文に行ってほしいのよ。手紙？　うん、手紙でもいいんだけど、あそこのオヤジは堅物でね。手紙で遠距離から注文するよりも、面と向かってお願いした方が安くしてくれるのよ。経費削減、分かるわよね？」

昼ご飯を食べて、さあ午後の勤務と思っていたら、書記官長に呼び出された。ちなみにメンバーは私と、ジェレミーとクライド。書記部の中でも比較的若い、男三人組だ。

「三人は書記部の中でも若い方だからね。今後お世話になることを考えて、あのオヤジに顔を売っておくべきなのよ。クライドは一度行ったことあるはずだから、ジェレミーとレンにも教えてあげてちょうだい」

つまり、クライド先導のもと、買い物指導を受けてこいということだ。

書記官長室を出たジェレミーはぶうぶう文句垂れモードだったけど、私は既《すで》にテンションが高かった。

エルシュタイン城下町の散策なんて、今まで片手で数えるくらいしかしたことがなかったのだ。何度かお給料を握りしめて行ってみたんだけど、正直何を買えばいいのかすら分からない。よさそうな品を見つけても、本当にこの値でいいのかとか、質はどうかとか色々考えていたら、あっという間に自由時間が終わってしまったんだ。

今回は先輩書記官のクライドが教えてくれるし、商人の卵であるジェレミーもいる。社会勉強にはもってこいに違いない。

「レンは元気だなぁ……俺は部屋で書類書いてる方が楽なんだけど」

城下町の喧騒《けんそう》の中で、三人並んで歩く。今日は天気がいいから、肩にティルを乗せていた。ミーナの方は、私が持つ買い物籠《かご》の中にいる。歩くのがめんどくさいんだってさ。

ちなみにこの中では私が飛び抜けて幼いし小柄だから、両脇をジェレミーとクライドが固めてくれている。お父さんとお母さんと一緒に買い物に行く子どもってところか。両方男だけど。

かったるそうにあくびするジェレミーを横目に、クライドは肩を落とす。

「仕方ないだろう。レンもジェレミーも、城下町で仕事用の買い物をするのは初めてなんだし、勝手を知っておくべきだ」

「俺はいいよ。商人だから、値切り方法も知ってるし」

「あの文具屋のオヤジはそうもいかないから、こうして僕がサポートについているんだろう」

「だーいじょうぶだって……」

「……早く自分のデスクに戻ってエロ本読みたいんだろうけど……」

「わーっ！　レンのいる前でおまえ、何をっ！」

はいはいはい、私は何も聞いてませんよー。っていうか、この世界にもそういう本ってあるんだ。

「クライドさん、あの色とりどりの屋台はなんですか」

この前書庫に入れさせてもらった手前、今日くらいはジェレミーの矜持《きょうじ》を守ってあげることにした。

私はなるべく無邪気そうな声を上げてクライドの袖を引っぱり、大通りの端《はし》っこに停《と》められていた屋台を示す。

「おいしそうな匂いがしますね。焼鳥屋ですか？」

「……ああ、あれはカルラ鳥の量り売りだね」

クライドは私が示す方向を見て教えてくれた。カルラ鳥といえば、お城の食堂でもよく出てくる人気肉だ。まあ、他の鶏肉より安いから、大量に仕入れているだけらしいけど。

「カルラ鳥は、うちの食堂では香草焼きやソース焼きにすることが多い。でも、あの鳥は非常に使い勝手がよくてね。塩をまぶして焼いたものやオレンジソースに浸《ひた》してあぶったもの、刻みタマネギのソースをとろりと掛けたものとか、調理法には色々なバリエーションがあるんだ」

「んで、あそこは、そのいろんな種類に味付けしたカルラ鳥を、ああやって量り売りしている屋台なんだよ」

お、ジェレミーも復活したな。さっきとは打って変わって、楽しそうに目を輝かせてカルラ鳥屋台を眺めている。

「同じ味ばっかりだと飽きるだろ？　だからああやって、いくつかの種類を同時に並べて好きなものを好きなだけ取れるタイプにしてるんだ。店の方も量り売りだと管理がしやすいし、なかなかいい発想だよな」

なるほどと思って首を伸ばして屋台の方を見てみると、屋台のおじさんの前には日本でもよく見かけるような秤《はかり》があった。大きなお皿が一枚乗ってるタイプのね。目盛りが書いてあるけど、そこには重さの単位じゃなくて、そのまま値段が表示されている。

そりゃそうか。数学が未発達なこの国だと、わざわざ重さの単位をゴルドに換算するより、一発で値段が分かった方が、お客にとってもお店にとっても楽だもんね。

「……ほう、さすが商人の卵だな、ジェレミー。そんな君が職務中に隠れてエロ本を読んでいると知ったなら、君の父親も男泣きするだろうな」

「だーっ！　なんでおまえはそうやって、昔の話を蒸し返すんだ！　せっかくレンがはぐらかしてくれたのに！」

「レンに頼りっぱなしにするな。だいたいジェレミー、君は初日から、隠れてこそこそと……」

「ちゃ、ちゃんとやることはやってるからいいだろ！」

言い合いを開始するジェレミーとクライド。いや、それはもう別に構わないんだけどね。

「ちょっと！　二人とも……」

言い合いがヒートアップしすぎて、歩く速度もぐんぐん上がる。屋台の方を観察していた私は、あっという間に彼らから引き離されてしまったんですけど、これはいかに？

大通りは人通りも多い。ジェレミーもクライドも決して小柄な体格じゃないけど、私は圧倒的に身長が足りないのだ。私の背丈から見える世界は埋もれてしまって、すぐに二人の声も聞こえなくなってしまった。

「……まずったなぁ」

とりあえず、通りのど真ん中にいたら通行人の邪魔だ。現に今も、後ろからやって来た大柄なおじさんにど突かれてしまった。

私はよいしょ、とミーナ入りの買い物籠《かご》を両手で抱えて、通りの隅っこに避難した。ちょうどいいところに花壇があったから、その煉瓦《れんが》の上に立つ。これでちょっとだけ、身長が嵩増《かさま》しされた気分だ。

『玲奈、迷子になったの？』

買い物籠《かご》からミーナが跳び降りて、不安そうに鳴く。

『あの男が玲奈を置いてけぼりにしたの？　今度丸焼きにしていい？』

『……それはだめ。今回は、ぼうっとしていた私も悪いんだよ』

どんだけジェレミーを丸焼きにしたいんだよ、ミーナ。

ティルも私の肩から降りて、チュチュッとさえずる。

『玲奈。ティルがジェレミーたちを探しに行こうか？』

『……うん。それなら私はここから動かないでいるから、呼んできてくれる？』

『分かった。ねえ、見つけた時にはジェレミーの髪を毟《むし》り尽くしてもいい？』

『だめ！』

おまえもか、ティル！　二匹揃ってジェレミーに辛辣《しんらつ》だな！　私に似たのか？　そうなのか？

ティルが翼を広げ、すいっと大通りの中央へ飛んでいく。一見すれば普通の小鳥に見えるからか、ティルの姿を見かけても特に気に留める人はいなさそうだ。もし誰かに捕まりそうになったら反撃してもいいからね、ティル。

『せっかくのお出かけがムダになったの』

私の足元に丸まって、ミーナが不満そうに鳴く。うんうん、ごめんよ。仕事中は精霊たちにも伝書鳩役を任せることが多くて、なかなか休ませてあげてないんだよね。

『ごめんね、ミーナ。なるべく手紙は自分の足で持っていくようにするから』

『そうじゃないよ。玲奈のお手伝いをするのは大好きなんだよ』

ミーナは顔を上げた。日差しの中だから、ミーナの目は細い針のようになっている。

ミーナに限らず、猫ってよくこんなほっそい目で前が見えてるよなぁ。夜になったら瞳が大きくなって見やすそうなんだけど。

『精霊はね、契約者と一心同体なの。玲奈がいいと思うなら、ミーナたちもいいの。だから、玲奈がミーナたちに謝ることとか、必要ないの』

『そうなの？』

うーん、つまりミーナやティルは私の分身みたいなものってこと？　ミーナたちに謝るのは、私が私に対して謝るようなものってこと？　……よく分からん。

『……でも、ミーナたちもゆっくりしたいでしょうに……』

『……玲奈、静かに！』

いきなりミーナが立ち上がり、尻尾をぱたぱた上下に振った。これは危険信号だ。

さっきまで針みたいだったミーナの瞳孔が限界まで広がって、ううう、と低い唸《うな》り声も上げ始める。

私は静かに花壇の煉瓦《れんが》から降りて辺りの様子を窺《うかが》う。相変わらず人通りが多い。馬車がガラガラと音を立てながら目の前を通り過ぎていく。

『……どうしたの、ミ――』

『玲奈、ごめん……！』

言うが早いか、ミーナはたん、とその場で一回転ジャンプした後、裏路地の方へ脱兎《だっと》のごとく走り去っていってしまった。

「え、ちょ、ミーナ……！」

どこ行くの！　と叫ぼうとしたけれど、いきなり後ろからぐいっと腕を引っぱられたことで、声は途中で止まってしまう。

「なっ……！」

ガン、と後頭部に鈍い衝撃。視界がぶれて、歪《ゆが》んで、目の前が真っ暗になる。

なんだ、これは……？

手から買い物籠《かご》が滑《すべ》り落ちて、花壇の煉瓦《れんが》の角《かど》っこに当たる。

その動きさえ緩慢《かんまん》に見える中、私は気を失った。

＊＊＊

目が覚めたら、そこはボロい部屋の中でした。

うーん、この展開、前にもあった気がするなぁ。確か、この世界に召喚された初日だっけ？　もうこの展開にも飽きたよ。

……まあ、そんな余裕ぶっこいてる暇はないんですけどね。

「……おい、ガキが目を覚ましたぞ」

「精霊はどこだ？　いないのか？」

「いないみたいだ。チッ……逃げ足の速いやつめ」

「それよりさっさとやつらを呼べ。時間が経《た》ちすぎだ！」

傍らではぼろっぼろの身なりのお兄さんたちが怒鳴ってましたとさ。「俺たち、よからぬことを企《たくら》んでまーす！」って全身で表しているようなやつらだ。

一方の私は両手両脚を縛られ、口には猿ぐつわ代わりの布を巻かれた状態になっている。

『……ミーナ？　ティル？　近くにいる？』

ダメもとで呼びかけてみる。なんとなくだけど、二匹がここから相当遠いところにいるってのは分かった。この前、ティルが王妃様の精霊に連れられていった時も私から結構離れていたように思うけど、今回はその比じゃない。

『……玲奈……？』

よかった、反応が返ってきた。でも、その声はすごくか細くて、電波状態の悪い受話器で聞いているかのように、ところどころ掠《かす》れて聞こえる。

『ミーナ？　今どこにいるの？』

『……外……城下町……』

『ティルは……ジェレミーのところ……玲奈、どこ……？』

『どこ、って……』

私は部屋の中を見回す。うん、汚い部屋だ。物が多いとかいう汚さじゃなくって、衛生面で問題ありすぎ。

どこからともなく、学校のトイレみたいな匂いがするぞ。掃除していないな、まったく。

『ミーナもティルも、私の場所が分からないの？』

『なんとなく分かる……でも、近づけない……』

『きっと、玲奈の周り……精霊封じの結界がある……』

精霊封じ？　……あー、さては例の、精霊との交信を断つっていう特殊なやつだな。

登用試験と書記部の書庫でそれぞれ同じような体験をしたけど、どれも微妙に効果が違うんだね。

試験の時に着けた腕輪では、声は完全にシャットアウトされたし、書庫では会話はできなくても自動翻訳《ほんやく》機能が生きていた。今回は……さっきの荒くれお兄さんたちの言葉が理解できたし精霊ともかろうじて会話できるけど、近づくことができないのか。うーむ、この状況だとかなり不利だな。

しばらくして、ミーナの情けなさそうな小声が聞こえてくる。

『……ごめん、玲奈。……ミーナ、逃げたの……なんとなく、こうなるって分かってて……』

……そういうことか。だからさっき、「ごめん」って言ったんだね。

そりゃあ精霊が二匹ともいなくなるのはさすがに心細いけど、もしあの時ミーナが側にくっついていたら、一緒に捕らえられていただろう。この建物は精霊の力を封じてしまうらしいし、ミーナもろとも無力化されるところだった。それよりは、精霊たちが外にいる方が連絡も取りやすいはずだ。ナイス判断、ミーナ。

『いいんだよ、ミーナ、ティル。……それじゃあ、ジェレミーや書記部のみんなに連絡だけしておいて。私の方はなんとか持ちこたえるから』

『……分かった……』

『……無理しないで……玲奈……』

うん、無理はしないよ。

……ただ、両手両脚縛られて猿ぐつわ噛まされた状態で、何をどうすればいいかしら？

「おいこらクソガキ。起きろ、飯だ！」

あーうるさいうるさい。そんな大声上げなくても、最初から起きてるって。

ふてくされ、壁の方を向いて横たわっていた私は、やかましい怒鳴り声でごろんと体を起こした。

頑丈な鉄格子のドアが開いて、大柄な荒くれが入ってくる。何日風呂に入ってないんですか、って感じの臭いがして、おええ……あまり近くに来ないでください。

「あんだ、その目？　文句あんのか？」

はいはい、文句なら腐るほどありますよ。と、心の中だけで言い返しておく。

悪臭漂《ただよ》う荒くれは、私の前に食事の乗ったプレートを乱暴に置いた。ふわん、とスープの匂いが周囲に広がる。思ったよりもまともそうな食事だけど、残念。荒くれの体臭でかなり食欲減退ですよ。

……というか、せめて猿ぐつわだけでも取ってください。

「ケッ、せっかく捕らえたのに精霊もいねぇし！　殺されねぇで飯があるだけ有り難く思え！」

だから、猿ぐつわ噛まされた状態で食えるかっての。

いきり立つ荒くれたちと、彼らを冷めた目で見上げる私。両者の間でほかほか湯気を上げる食事。そんな修羅場《しゅらば》に割り込むように、別の人の声が入ってきた。

「……ちょっとどいてくれ」

ぐいぐいと大柄な荒くれたちを押しのけて、若い男の人が部屋に入ってくる。頭からフードを被《かぶ》っているから、あまり表情は読み取れない。

「猿ぐつわを噛ませた状態で食べられるはずないだろう。少しは考えろ、単細胞」

そのお兄さんは、耳に心地よいテノールボイスでまさに私が言いたいことを代弁してくれた。

きゃーステキ抱いてー（棒読み）。

荒くれたちはお兄さんに馬鹿にされたことで明らかにムッとしたようだけど、事実、猿ぐつわ状態では食事をとれないことに今気づいたんだろう。先頭にいた例の悪臭漂《ただよ》う荒くれが、「……じゃあおまえが取れよ」とお兄さんに命じた。

お兄さんは小さく頷《うなず》いて、私の前にしゃがみ込む。

「……痛かったら言ってくれ」

そう小声で言ってくれる。おお、あの獣臭い連中とは大違いだ。てか、こんなに親切なのによくこんな掃きだめみたいな場所にいますね、お兄さん。

お兄さんの細い指が私の口元を戒《いまし》めていた布を取り払う。お兄さんの袖口からは、いい匂いがした。服もきちんと洗濯しているし、まめに風呂に入ってるんだろう。他の野郎共とは格が違うよ、格が。

しゅる、と音を立てて布が取り払われる。はー、やれやれ……と深呼吸したら、荒くれの体臭もより強烈になって、思わず、うえっぷとえずいてしまう。

「大丈夫か」

お兄さんが声をかけてくれる。うーん、親切！　アナタ本当にこの荒くれの仲間ですか！

ごしごしと口元を拭《ぬぐ》って、私はお礼を言おうと顔を上げて――息を呑んだ。

フードの中のお兄さんの顔。それはもう、ハリウッドスターも顔負けってくらいの美貌だった。薄暗いこの部屋の中が、それだけでぺかーって明るくなったかのように思われるほどの、見目麗《うるわ》しい顔の造形。

しゅっと鼻が高くって、細い唇は妙に色っぽい。目つきは相当悪いけれど、三角に吊り上がった

眦《まなじり》と、長い睫毛《まつげ》で覆《おお》われた瞼《まぶた》のラインが麗《うるわ》しい。男なのに麗しいって、こはいかに。

目は——この部屋は暗いからはっきりとは分からないものの、たぶんきれいな紫色。青やら緑やらの目ってのはこっちの世界に来てから飽きるほど見てきたけど、紫の目ってのはそうそうお目に掛かれなかったので、ちょっぴり新鮮だ。

フードからはらりと額《ひたい》に零《こぼ》れる髪は、くすんだ金色。エデル王妃様の光に溶けるような色合いの金じゃなくて、年代物の金貨を思わせるような、渋みのある金色だった。

腰に下げてるのは、剣ですか。真剣ですかそうですか。これで自分の敵がいたらすっぱり薙《な》ぎ払うわけですね。

「……おい、貴様。新人のくせに調子乗ってんじゃねぇぞ」

ぼんやりとイケメンお兄さんを見上げる私をよそに、部屋の中ではちょっとした内乱が起きていた。

悪臭漂《ただよ》う荒くれがぼきぼき両手の拳《こぶし》の関節を鳴らしつつ、ずいとお兄さんに詰め寄ってくる。うわっぷ、臭いが強くなるから近寄るなーっ！

「てめぇの剣の腕とその脳みそは買ってやってるが、大層な口を利いてもいいとまでは言ってねぇ」

「そのおキレイな顔に傷付けられてぇのか？」

まさに状況は、町の荒くれVSイケメンエリートの図。

お兄さんは荒くれたちに詰め寄られても、平然としている。むしろ、私の前にさりげなく位置をずらして、荒くれたちから私を庇うような形になってくれる。キャーステキ（以下略）。

「黙ってねぇで何か言えよ」

「何も言うことはない。ただ、手荒な真似はよしておけ。俺を殺せば、おまえたちの計画も水の泡だ」

低音で凄《すご》む荒くれたちを前にしても、お兄さんは一歩も引いた様子はない。それどころか、静かな声で逆に脅《おど》しに掛かっている。

ということは、このイケメンお兄さんが荒くれ連中のブレーンで、彼を逆恨みで殺したりすれば彼らの今後も真っ暗ということか。

この人……すごい……

人さらいの仲間なのに、このお兄さんは真っ直《ま》ぐ《す》できれいな心をしている。

荒くれたちもさすがにお兄さんの言葉にぐうの音も出ないのか、イライラと地団駄《じだんだ》を踏んでいる。踏むのはいいけど、あの、砂埃《すなぼこり》が舞って、私のご飯に埃《ほこり》が……

「ちっ……気分悪ぃ！　俺ぁ上がる！　そんなに偉そうな口を利くなら、てめぇがこのガキを見張ってろ！　どうせ精霊に逃げられた役立たずだからな！」

そう言って荒くれの一人が足音も荒く立ち去っていく。さっきのがボスなんだろうか、他の連中も背中を丸めてぞろぞろと出ていった。去り際にお兄さんに睨みを利かせているけど、逆に涼しげな目で見つめ返されるだけだ。イケメンは威嚇《いかく》せずとも相手を威圧させられるんですね、なるほどー。

……というわけで、薄暗い牢獄には私とイケメンお兄さんだけ残されました。

ひとまず私は、ぽつんと取り残された食事を見やる。本日のメニューは、冷めかけスープ、野郎の汗の香りと埃《ほこり》添え。うーむ、ますます食欲が減退した。

「……これしかないのですね」

「これしかない。食える場所だけ食ってろ」

そう言ってお兄さんは振り返り、私の手足を縛っていた戒《いまし》めを解いてくれる。その手つきも優しく、お兄さんへの好感度がアップする。

ただ、「食ってろ」とは言われたものの、さすがにうっすら埃《ほこり》を被《かぶ》ったスープを飲む勇気はないので、固そうなパンの埃《ほこり》を叩いて落として、よく噛んで食べる。うん、まずい。

「……で、一体何が何なのですか」

なかなか噛み切れないパンに歯を立てつつ、私はやけくそになって聞いてみる。どうせ答えてくれないだろうと諦めていたんだけど。

「……ここは精霊持ちの子どもを狙った人さらいのアジトだ。おまえは町中で堂々と精霊と歩いていたものだから目を付けられて、捕らえられた。俺はこの組織の一員だ。あのアホ共は脳みそまで筋肉でできているので、頭脳が必要な面は全て俺が仕切っている」

「……」

「何だ、その目は」

「……いや、そういう極秘事項をぺらぺら言ってもいいのかなぁ、と思いまして……」

「城の人間に対して隠すべきことでもない」

お兄さんはそう言って、じっと私の胸元を見つめる。どこ見てるんですかヘンターイ、じゃなくって――

「おまえ、書記官だろう」

「……このバッジですね」

私はパンと格闘するのを諦め、自分の上着をそっと引っぱった。そこに飾られているのは、大鷲《おおわし》のエンブレムが輝かしい書記官バッジ。この汚い部屋に転がされていたからか、泥が付いているのをちょちょっと手で払い落とす。するとお兄さんがフッと笑う気配がした。

「史上最年少の書記官、か。おまえの話はここまで届いている」

「……僕のことを知っているんですね」

「最初はただのガキかと思っていたが、そのバッジを見て分かった」

お兄さんはその場にあぐらを掻いて座り、無造作にフードを取り払った。

流れのある硬質な金色の髪。切れ長の鋭い目に、思わず見とれるような美貌。

「俺は近衛騎士団第四部隊隊長ヴェイン・アジェント。……レン・クロード、ひとつ、お手並み拝見と行こうか」

ニヤリと、「紅の若獅子」は不敵な笑みを浮かべた。

偶然出会ったイケメンは、王国内きっての騎士、「紅の若獅子」ヴェイン・アジェントでしたとさ。紅っていうくらいだから髪か目が赤いのかな、と思ったけど違うみたい。

「……どうして近衛騎士団員がこんな所に？」

呆けたように聞くと、ヴェインはあぐらを掻いた膝の上に肘を乗せて頬杖を突く。

「俺は上から極秘の任務を受けて、この荒くれのアジトに密偵として潜《もぐ》り込んだ。やつらをいいようにに言いくるめて、内部調査している」

「ちょ……！　そんなこと大声で言っていいんですか！」

「構わない。一番近い見張りでさえ部屋ふたつ隔てた先で眠りこけている。少々声を上げても誰も聞き留めないさ」

「……なんで分かるんですか」

「気配で分かる」

エリート騎士は周囲感知能力もずば抜けてるんですね、なるほどー。

ヴェインは腕を組み、説明を続ける。

「この荒くれ共は、エルシュタイン城下町を中心として活動している。精霊と契約している子どもを捕らえて、国外に売り捌《さば》こうとしているんだ」

「……人身売買ですか」

「そういうことだ。知っての通り、ベルフォード王国内での人身売買は五十年前に禁止されているが、残念ながら他国はそうとも限らない。特に西方の開拓都市や北方新興都市などではまだ、奴隷制度や身売り制度が横行しているのが現状だ。子どもは再教育しやすいから、精霊持ちの子どもを精霊もろとも引っ捕らえて人身売買制限のない他国へ出荷している」

うへぇ……じゃあ私、ミーナやティルと一緒にいるところを目を付けられて、ジェレミーたちとはぐれたタイミングを見計らって捕まえられたのか。下手すりゃあ、このまま密輸されて外国に売り飛ばされていたのか……嫌だ嫌だ！

「俺は諜報員《ちょうほういん》として、この組織の調査を数ヶ月にわたって行《おこな》ってきた。この一月ほどは、ずっとこっちで潜入調査をしている。久しく城にも戻っていないな。『紅の若獅子』って名はやつらも知っているようだったが、案の定、赤い髪の騎士だと思い込んでいる。誰も俺が噂の騎士だと気づかなかった。ちょろいもんだ」

「いや、ぶっちゃけ僕も赤い髪だと思ってました」

私も荒くれ並みにちょろいのか、そうなのか。

「周りが勝手にそう呼んでいるだけだ。ずっと前、盗賊を血祭りに上げて帰還した際、頭から爪先まで赤黒い血まみれだったのでな。それを見られた際に名付けられたらしい」

……なぜに十歳児相手に真顔でグロい話ができるんだ、この人は。

「えっと、私の他にも捕らえられた子はいるんですよね？」

「いる。ちなみにおまえの場合、捕らえた時には既《すで》に精霊が避難していた。今までそういうケースはなく、全て子どもと精霊がセットで捕獲されていたから、おまえの対処についてはやつらも考えあぐねている。他の子どもは地下牢に閉じこめられている。ひとまずは全員健康だ」

「……そうですか」

でも、まさかおめおめと人身売買されるのを指くわえて見送るわけないだろうし。

私の言いたいことを察したのか、ヴェインは目を細めて私を見つめる。

「……俺の方で大体の準備は終わっている。後は、城の方に報告書を出して外からこのアジトをぶっ叩くまでだ」

「中から、ではないのですか」

「騎士団の目的は、このアジトを完膚《かんぷ》無きまでに破壊すること、捕らえられた子どもを全員保護すること、それから荒くれ共を全員確実に捕らえることだ。俺は内部に留まり、やつらが全員揃っているタイミングを知らせて部下たちに突撃させる役割がある」

なるほど。内部でヴェインが操作して荒くれたちを一箇所にまとめて、袋の鼠《ねずみ》状態になったところを一斉に外から叩くってことか。

「じゃあ、報告書を出せば助けが来るってことですね」

「ああ、その準備でもう数日かかりそうだったが……いいところに書記官がやってきた」

ん？　妙な気配を感じて顔を上げる。

見ると、ヴェインが唇の端《はし》を歪《ゆが》めて嫌な笑みを浮かべていた。イケメンなのは認めるよ。本当にうっとりしそうな鋭い美貌のイケメンだけど……でも、この意地悪そうな笑みをどうにかしてください っ！

「精霊持ちなら、近くまで精霊を呼ぶこともできるな？」

「……は、はい。精霊除けギリギリマデナラデキルトオモイマス」

「じゃあ、その精霊に手紙をことづけることも？」

「……タブンデキマス」

「なら、おまえが得意な算術で、俺の報告書を仕上げる手助けをすることも？」

「……ヤッテミマス」

「いい返事だ」

ヴェインはふふん、と胸を反らして笑った。ちくしょう、結局このイケメンの手の平で転がされているだけじゃないか！

『……ミーナ、ティル』

『……なぁに、玲奈……』

『……玲奈、怒ってる……？』

『後でちょっとお願いがあるけど……それが終わったら、いつでもいいからヴェイン・アジェントの髪を数本、毟《むし》ってもいいからね』

算術だろうが報告書だろうが、どんと来やがれーっ！


ヴェインが私の前に差し出したのは、四角やら三角やらがびっしり書き込まれた図だった。

「これは……見取り図？」

「ご名答。これは俺が測量して作ったこのアジトの見取り図だ」

ヴェインは紙の端《はし》っこが丸まらないよう、手で押さえつつひとつの小さな四角を指さす。

「これが、今俺とおまえがいる部屋。ちなみに薄く色を塗っているところは精霊封じが施《ほどこ》された場所だ。この部屋はまだましだが、子どもたちが捕らえられている地下は、より強烈な精霊封じが施《ほどこ》されている。奥の部屋に精霊封じの制御装置があるのだが、そこで調節をしていたな。俺はそちらの方面には明るくないのだが、他国から精霊の嫌う鉱石を密輸入して、今回のために建物を改築したそうだ」

確かに、ヴェインが「地下」とメモしたエリアには、びっしりと色つきの小部屋が続いていた。この部屋、ぱっと見た感じ私が今いる部屋よりずっと狭いぞ。子どもたち、こんな狭いところに押し込められているんだ……

「……どうやって見取り図を書いたんですか」

「歩幅で数えた」

伊能忠敬《いのうただたか》か。

「おまえにやってもらうのは、この見取り図の完成だ。正確な距離を計算して、これに書き込め」

そう命じられ、私は改めて見取り図を眺めた。

確かに見取り図の部屋の配置は完璧なんだろうけど、それぞれの部屋の幅やサイズが記されていない。かろうじて、目安になるひとつの部屋にだけ「南北四シヘル、東西三シヘル」と書かれているのみだ。

ちなみにシヘルってのはこの世界の長さの単位ね。一シヘルが一メートルとほぼ同じだ。

「つまり、この見取り図のマス目を測ってそれぞれの部屋の距離を書き込めばいいのですね」

「ああ。俺が自分でやってもいいのだが、それだと時間が掛かるんでな」

ヴェインは苦笑した。書記官の力を借りられるのは有り難いが、十歳に頼るのはどうなんだといったところだろう。

ちょっと皮肉りたい気持ちもあったんだけど、困ったようなヴェインの顔を見ていると、意地悪を言おうという気も失せてくる。彼だって時間が惜しいはずだ。それに彼には、あの臭い立つ連中から庇ってもらったという借りもある。

「……分かりました。やってみます」

「頼む」

ヴェインはすっと底意地の悪い表情を引っ込めて、真顔で頼んできた。真摯《しんし》な表情で頼みごとする時の、なんとも言えぬ色気。

……イケメン、恐るべし。


どんとこーい！　と見栄は張ったものの、見取り図の完成までけっこう掛かった。昨日は気絶させられていたから眠くはなかったけど、それでも昼夜逆転活動は体によくない。書記部の仕事は基本的にお日さまが照っている間が活動時間だったから、余計に体にこたえる。

てっきり普通に代入やらxの式やらでできると思ったら、思いがけぬ所で三平方の定理が必要だったりして冷や汗を掻いた。よかった、大学受験の時の知識、忘れてなかった！

といっても√の式なんてこっちでは通用しないから近似値で代用しつつ――と考えたところで、

私はふと顔を上げた。

昇りかけた朝日が天井すれすれにある小窓からわずかな陽光を差し込ませている。ヴェインは、私から少し離れた椅子に座ってじっと、その小窓を見上げているようだ。

ちょっとは手伝ってくれー、と思ったけれど、ヴェインは私と違って寝ていないんだ。こうして私が心おきなく計算できるように周囲に気を配ってるみたいだし……って、そもそもヴェインに頼み事されなかったらゆっくり寝られたんだけど。まあ、いいや。

というかヴェインは、「俺がやってもいいけれど時間が掛かる」って私にこれを頼んできたんだよね。じゃあ、私がうっかり荒くれに捕まってここに放り込まれなければ、ヴェインは一人でこの計算をこなさなきゃならなかったってこと？　三平方だよ三平方。日本の高校生でもうんうん唸《うな》るような問題を、数学が未発達のこの世界で暮らしているヴェインが解くんだよ？　書記官じゃなくって彼はあくまでも騎士なんだよ？

うーん……となると、ここは誠心誠意お手伝いする、で正解だったんだろうな。ヴェインが計算した場合時間が掛かるのは当然だけど、そうしたら捕らえられている子どもたちの拘束時間も長くなる。子どもだから体力がもたない子も出てくるだろうし、下手すれば、城に報告書が届く前に悪党共が人身売買のために出発してしまうかもしれないじゃないか。

私はそっと、前髪の隙間からヴェインの横顔を窺《うかが》った。こんな泥と汗の臭いで満ちた世界に、ヴェインはよく来たものだ。いくら任務のためとはいえ、これは精神的にも相当こたえるぞ。あの荒くれたちに認められるまでにも、時間が掛かっただろうし。

「……できたのか？」

おっと、顔をガン見してたのがばれたようだ。

「あと、この直角三角形の部屋の長さを測るだけです」

これだよこれ、私が難儀している三平方の定理が必要な部屋。なんでこんなぼろっちいアジトなのに洒落《しゃれ》た三角形の部屋なんかがあるんだよー。全部四角形でいいじゃないかよー。

私の言葉を聞いたヴェインだけれど、その細い眉がすっと寄せられた。

「……チョッカクサンカッケイ？」

「え？　……あ、ああ、それはですね、僕の故郷での呼び方なんですよ」

危ない危ない。この世界には直角三角形っていう名称がないみたいだ。

困った時は、「辺境にある私の故郷での呼び方」言い訳！

「僕はフェスティーユ子爵領の地方の町出身なのですが……チョッカクってのは、こういう形のことを表す方言なんですよ」

「……そんな言葉、初めて聞いたな」

おおっと、なかなか突っ込みが鋭いぞ、ヴェイン。今までこの言い訳でみんなスルーしてくれたもんだから、こっちも焦るじゃんか。

ただしこういう場合、焦った方が負けだ。少々無理があろうと、平然とした顔をしていなければ。

「そうですか？　……まあ僕は孤児同然のところをフェスティーユ子爵様のご厚意で登用試験を受けさせてもらったような、どこの馬の骨かも分からない子どもですから」

「……自分で言うことか」

ヴェインは呆れたように言うけれど、さっきみたいな疑う眼差《まなざ》しではなくなった。よし、とりあえずごまかせた。

それじゃあ仕上げ、と私はささっと最後の部屋の寸法を計算した。怪しまれないために、三平方の定理で使った公式は全部塗りつぶしておく。よし、完成。

「できました、ヴェイン様」

「やはり速いな」

ヴェインは私の手から見取り図を受け取るとざっと目を通し、すぐにくるくると巻いてしまった。てっきり計算間違いがないか確認されるものだとばかり思っていたから、思わず声を上げてしまう。

「えっ……いいのですか、確認なさらないで」

「時間が惜しい。俺は、計算するのにおまえよりずっと時間が掛かる。それに、書記官の仕事ぶりを疑うほど、俺は捻《ひね》くれてはいない」

そうっすか……十分捻《ひね》くれた性格っぽいけど……ああ、睨まないでってば。なんで人の考えていることが分かるんだろうな、この御仁。

ヴェインは私が書き上げた見取り図と一緒に、胸元から出した別の書類もまとめる。きっとそっちの方には城の同僚に宛てた手紙があるんだろう。

「今からこれを送るが……レン、おまえは書記部に何か伝えることはないのか？」

「え？」

思わぬ提案に、私は裏返った声を上げる。

「おまえがいなくなって、書記部も混乱しているだろう。どうせおまえの精霊に届けてもらう予定だし、何か言付けることはないか」

「……大方のことはミーナとティル――精霊たちに頼んでいます。書記部にも精霊持ちは何人かいますから、その精霊から書記官に伝えてくれるはずです」

「そうか……そういえばそうだったな」

ヴェインは荷紐《にひも》らしきもので書類を束ねて括《くく》り、私が計算している間の時のように、天井近くの小窓を見上げた。

「……夜が明けたな。そろそろこのアジトのやつらも動き出す時間だ」

「ヴェイン様も出て行かれるのですか」

「ああ。……今までのこいつらの行動パターンを見る限り、夕方が一番集まりやすい。後は俺の方でちょっと細工すれば、難なく全員をアジトに集めることができる」

なるほど……じゃあ、作戦決行は早くても今日の夕方か。またあの臭い荒くれから食事をもらわないといけないのか……うえぇ。

私は立ち上がって、ヴェインと並んで小窓を見上げた。随分高い位置にある。

『……ティル？』

そっと、呼びかける。ティルたちには、夜の間書類を書いている最中にもいくらかやり取りをしていた。ミーナは城で待機、ティルは近くの木陰で待つように言ってあるんだ。

案の定、かすかだけど窓の外から羽ばたきと小鳥のさえずりの音がした。

『おはよう、玲奈。今外にいるよ』

『ありがとう。……そこの小窓から入れそう？』

『うーん、無理かも。体は通りそうだけど、精霊除けの障壁が張られてるから』

ああ、そういえばそうだっけ。どうやらティルは近くまでは来られても、それ以上こっちに近寄ることはできないみたいだ
「……入って来られないのか？」

私とティルの無言のやり取りで大体察したんだろう、ヴェインがちらと視線を向けてきた。私は頷《うなず》いて、今ティルがいるだろう辺りを手の平で示す。

「今あの辺りにいるんですが、精霊除けがあるので入れないみたいです」

「……さすがに俺でも、あの小窓に向けて投げるのは困難だな」

ヴェインは呟《つぶや》いた後、よし、と小窓に背を向ける。

「もうじき俺は一瞬だけ外に出ることになっている。その時に書類を茂みの中に隠しておく」

「そ、そんなことができるんですか」

なにせ、書類の内容は城の騎士団に向けた機密事項と、このアジトの見取り図だ。間違って荒くれたちの手に渡ってしまえば、全ての計画が水の泡になってしまう。

するとヴェインは私を振り返り、あの自信満々な笑みを浮かべた。

「俺を誰だと思ってる？　あの泥臭い連中にばれるほどの大根役者じゃない。とにかく、俺が隠し

た書類をすぐにおまえの精霊が拾って城に持っていくんだ。場所は、近衛騎士団第四部隊詰め所。行けそうか？」

『……だってさ、ティル。ヴェインの隠した書類を持って、近衛騎士団第四部隊詰め所に行くの。場所分かる？』

『分かるよ。ティル、何回かお散歩したことあるから』

ティルの自信に満ちた返事があり、ほっとする。

――ほっとしたのはほんの一瞬だった。

「……ヴィー！　どこにいやがる！　仕事だ、出てきやがれ！」

おやおやおやって来ましたよ、悪臭漂《ただよ》う不良たち。

「……ヴィーって、ヴェイン様の偽名ですか」

「そんなところだ……じゃあ、作戦通りに。おまえはとりあえず、大人しくしていろ」

そう言ってヴェインは書類を大切そうに上着の中に隠して、フードを頭から被《かぶ》った。

「騎士団にはおまえのことも伝えている。見取り図にも印を入れているから、すぐに助けが来るだろう。それまで待っていろ」

「……でも、ヴェイン様は？」

急に心配になる。

私や子どもたちは保護されたとしても、ヴェインは大丈夫なんだろうか？　なにせ、スパイをしていたんだ。荒くれたちからすればとんでもない裏切り者だ。

私の危惧を聞き、ヴェインは唇の端《はし》を歪《ゆが》めて笑った。

「何度も言わせるな。俺はヴェイン・アジェント。近衛騎士団第四部隊隊長だ。素人《しろうと》の不良共に負けるほど、俺の剣は落ちぶれておらん」

「……ならいいんですけど」

ぶるり、と体が震える。それを見たヴェインが、目を丸くする。

ああ、この寒気は、間違いない――

「……どうした、おまえ……？」

「ヴェイン様……」

どうしよう、我慢できない。

私は震えつつ、涙目になりながらヴェインを見上げる。

私の顔を見たヴェインがぎょっと後ずさり――

「……トイレ、行かせてください……」

「………………おまえなぁ……」

窓の外で、ちゅんちゅんと小鳥が鳴いていた。

＊＊＊

さて、トイレも済ませて、おいしいとは言えない朝食ももらった私がすべきこととは？

「……いつになったら出してくれるんですか」

「っせぇ！　ガキは黙ってろ！」

それは、ヴェインたちの作戦を悟られないよう、必死で「何も知らない子」の振りをすること。夕方になれば救出作戦が決行されるのは分かってる。朝食の後くらいに、ティルが『受け取ったよ。持って行ってくるね』って急いだ口調で伝えてくれた。きっともう既《すで》に、王城では戦闘態勢になっていることだろう。

解放されるのは分かっているけれど、敵にそれを悟られてはならない。怪しまれて、ヴェインたちの足を引っぱることになるのだけは御免だ。

「精霊もいねぇてめぇは価値もほぼねぇんだよ！　それともここで死にたいのか？」

「やっちまおうぜ。目ん玉のひとつくらい、くり抜いたって大丈夫だろ」

「ばか、それで価値が下がったら赤字になる一方だろうが！　ヴィーが言っていただろう！」

「ちっ……あの優男《やさおとこ》も、いずれ目にものを見せてやろうぜ」

「俺、あの顔を潰してぇな！　おきれいな顔がぐちゃぐちゃになってさぁ！」

「そりゃいい！　床に這いつくばってヒィヒィ言わしてやろうぜ」

荒くれたちは、縛られて床に転がされたままの私を高みから見下ろして好き放題言ってくる。言うのはいいけどさ、唾を飛ばすのはやめれ。汚いし臭い。ちなみにヴェインが出る時に、縄を丁寧に縛り直してくれた。ただし結び目は相当緩《ゆる》い。

丸刈りに頬から腕にかけて入れ墨入り、ぼろっちいランニングシャツとズボンって出で立ちの荒くれ兄ちゃんたちは、かったるそうに椅子に座って私を蔑視《べっし》している。夜の間は同じ椅子にヴェインが座っていて、あっちはかなり絵になる光景だったのに、この差はいかに。

「外国のオカネモチ様に売ってもらえるだけありがたいと思えよ。そんなきったねぇ色の髪だと買い手もつかねぇ。よそのオカネモチには、おまえみたいな子どもが好みってのもけっこういるからなぁ」

へぇへぇ、こんな色で悪ぅございましたねぇ。私だってせっかく異世界に来たんだから、幼女化するだけじゃなくって金髪やら碧眼《へきがん》やらになってみたかったよ。つーか、最後の一言は余計。十歳児に言う内容じゃないぞ。

荒くれは基本的に私が無反応だからおもしろくないのか、すぐにペッと唾を吐いてふて寝モードに入った。だからこっちに向けて唾吐くなって。クリーニング代請求すんぞ。

荒くれに喧嘩を売るのも楽しくないんで、私は精霊たちに連絡を取ってみた。

『……ミーナ？　その辺にいる？』

『……今……お城……』

城か。そこなら安全だろうけど、さすがに距離が空いているからミーナの声も聞き取りづらい。でも、昨日の連れ去られた直後よりはミーナも元気が出たみたいだ。

『そう、ティル、戻った。今お城……大騒がし……』

『……ティルはもう戻ってるよね？』

大騒がし？　……うんうん、きっとティルが届けた手紙を見てみんな準備をしているんだね。私の安全もティルたちが伝えてくれたことだし、書記部もきっと大丈夫だろう。

『……ちなみに、ミーナ、ティル。この建物に捕らえられているっていう子どもの気配、分かる？』

ダメもとで聞いてみる。ヴェインは、私の他にも何人か捕らえられているって言ってたけど、彼らは大丈夫なんだろうか？

『……子ども……分からない。でも、精霊、何匹かいる……』

『みんな、子どもの精霊……』

ぐぬぬ……悪党め。年端《としは》もいかない子どもたちを捕らえやがって！　ベルフォード王国の法に則《のっと》って罰せられてしまえ！　といっても、自国の刑法がどんなものなのか、よく知らないけどね。

「……おい、交代だ」

私が荒くれに背を向けて一人で考え込んでいると、ふいにドアの開く音がした。どうやら見張りの交代の時間のようだ。今、何時なんだろう。

私の見張りすら面倒くさそうだった兄ちゃんたちが「あー、腹減った」「そろそろ女買いてぇよなぁ」と呟《つぶや》きながら出ていく。チッ、下衆《げす》め。

次に入ってきた男二人組は私が寝ていると思い込んでいるんだろう、壁際で低い声ではあるけど、こそこそと世間話をし出した。

「……だろう？　俺も止めたんだよ。本当にそんなもん、効果があるんか分かんねぇし」

「ボスの言うことにゃ逆らえねぇけど、にしても高すぎたよなぁ。いくらだっけ？」

「一万ゴルド。ぼったくりだろオイ」

私はすることもなくて暇なので、新しい見張りたちの世間話を聞くことにする。ふーん、こいつらのボスが一万ゴルド——日本円換算十万円で何かを買ったのか。効果があるとかないとかって言うし、何だろう？　健康器具？　風水的にグッドな水晶玉？

「で、ボスはその壺をさっそく地下で試してみてるんだろ。胡散臭《うさんくさ》いなぁ、うまくいくんか？」

「いかなかったら一万ゴルドが水の泡だ。俺たちの生活費が……」

なんというか、ボスのせいで皆さんも苦労しているんですね。ご愁傷様《しゅうしょうさま》。同情はしないが、心の中で合掌《がっしょう》はしてやる。

それにしても、部下の生活費を削ってまでボスが求めた一万ゴルドの品って、何だろう。高価なものだったら、ここから脱出する時に騎士団に頼んで回収してもらったらいいかもね。その一万ゴルドの出所だって、怪しいだろうし。

「そうだよなぁ。かつかつの生活になってでも、従えたいものなんかなぁ、精霊って」

——ん？

今、なんて言った？

私は跳び上がりそうになる体を律し、喉《のど》の奥から溢《あふ》れそうになった悲鳴を、歯を食いしばることで押し殺す。

今……とんでもないことが聞こえたぞ？

精霊を従える？　このアジトのボスってのが、一万ゴルドで？

『ねえ……そんなことできるものなの？』

私は心の中でミーナとティルに問うてみるが、返事がない。でも遠くに気配は感じられるから、繋《つな》がりが切れたわけじゃなさそう。もしかしたら二匹とも疲れてしまって、休んでいるのかも。私と長時間離れていると体力を消耗するみたいだから。

「何にしても、この仕事が終わったらちったぁ楽になれるな」

「だよな」

荒くれたちの会話はそこで一旦終了。後は、ゴソゴソ動く音や鼻を啜《すす》る音しか聞こえない。

私は床に転がったまま、今得た情報を頭の中で並べる。

アジトのボスが、一万ゴルドで精霊を従えるなんらかの方法を買い取った。現在ボスは地下とやらでその方法をお試し中。部下たちは生活費も削られたので半信半疑、と。

私は薄暗い部屋の隅に溜まった埃《ほこり》を睨むように見つめる。どうやらもう一つ、私の仕事が増えたようだ。

小窓から差し込む夕暮れ時の日差しはとてもキレイですね。なーんて、現実逃避をしていたら。

ドゴン！　と、どでかい爆発音が前触れもなしに鳴り響き、膝立ちになっていた私は思わずその場に尻餅をついてしまった。

慌てたのは一瞬のこと。そうだそうだ。夕方には作戦決行だった。

見張りの荒くれたちは跳ね上がると部屋を飛び出していく。すぐさま続きの部屋の方でもバタバタと足音が鳴り響いた。「敵襲だ！」「騎士団か⁉」と怒声やら悲鳴やらが上がる。

私はちらと、自分の両手首と両足首に巻きつく縄を見た。ヴェインは「ちょっと手首を捻《ひね》ればすぐに解ける」って言ってたけど……おお、すごい！　本当にするりと解けたよ！

私はすぐに足の方の縄も解いて、うーんと背伸びした。そこでもう一発爆発音が鳴って、今度はたたらを踏んでしまったけど。

『玲奈！』

む？　この声は……ミーナ？

はっとすると、天井近くの小窓からするりと小動物の影が滑《すべ》り込んできた。なんとまあ、それはティルとその背中に乗ったミーナだった。

「ど、どうしたの。ひょっとしてもう入れるの？」

『うん、さっき騎士団の人が制御装置を爆破したから、精霊も出入りできるようになったの』

『下の階も大丈夫。子どもたちは全員無事って、精霊たちが伝えてくれた』

「そうなんだ……よかった」

私はほっと胸をなで下ろす。一番気がかりだったのは地下室に閉じこめられた子どもたちだったからね。

私は立ち上がった。

「行こう、ミーナ、ティル」

『了解！　どうする、燃やす？』

『それとも毟《むし》る？』

「それはまた今度で。……ちょっと、調べたいことがあるんだ。手伝って！」

頑丈な鍵が掛けられた部屋のドアは、ミーナとティルの渾身《こんしん》のパワーであっけなく吹っ飛んでいった。すごいな。ドアのついでに、外にいた荒くれを二人ほど廊下の向こうに吹っ飛ばしてしまった。本当にすごい。この二匹がいれば、このアジトも制圧できるんじゃない？

「レン殿！　……あれ？　出てる？」

廊下の奥から、騎士団の制服を着たお兄さんたちが駆けつけてきた。彼らは私が自分の足で立っていることと、精霊二匹がその辺りを走り回っていること、そして廊下の向こうに荒くれが伸びているのを見て、動揺したように足を止める。

「……その、ヴェイン隊長の命で参りましたが」

「近衛騎士団の方ですね？　ありがとうございます。僕は精霊が解放されたので、自力で逃げられそうです」

私はそう言って騎士たちに微笑みかける。騎士たちは多分、私が部屋の隅っこで丸まって泣いているとでも思っていたんだろう。こちらを見て、「……どうしようか？」とばかりに目線を交わしている。おっと、こうしている間にも他の場所ではまだ戦闘中だよね。

「僕のことは大丈夫です。精霊たちが強いので、自分でどうにかします。じゃっ！」

私はさっさと彼らに背を向けた。「あ、ちょっ！」「隊長に怒られる！」とか聞こえたけど、ごめんなさい。たぶん、精霊持ちじゃないとどうにもならないと思うんで！

『玲奈、荒くれから聞いたことを確かめに行くの？』

すいっと脇を滑空《かっくう》するティルが問うてくる。しばらくの間交信が絶えていた二匹だけど、私が見聞きしたことはちゃんと伝わっているみたいだ。

「そう、一万ゴルドの壺ってやつだね。……ヴェイン様に見せてもらった地図に、大きめの部屋があったから、たぶんそこだ」

私が今いるのは地上一階。地下一階に子どもたちを押し込めた小部屋があり、その脇には大きめの部屋があるな、と思っていたんだ。気になってヴェイン様に聞いてみたら、「親玉の部屋だ」と教えてくれた。

計算した数字を書き込むために何度も見た地図なので、階段の位置も部屋の位置も頭に入っている。このアジトは地下に続く階段が複数あって、子どもたちの収容場所は入り口からも近い大きな階段が近い。逆にボスの部屋は入り口から一番遠いところにある。

「この辺に精霊の気配ってする？」

もしかしたら、ボスってのは騎士団や警備が来た時に応戦できるように精霊を従えようとしたのかもしれない。だとしたら襲撃を受けた今、ボスは精霊を意地でも呼び出したがるだろう。

壺入りの精霊がどんなものなのかは分からないけれど、騎士団は壺のことを知らないはずだ。私は自由に動けるし、戦闘能力もある（はず）の精霊たちもいる。少しでも、状況打破に向けていきたい。

ミーナが立ち止まって、ひげをさわさわと揺らす。ティルも私の頭の上に止まり、小さくさえずった。

『……なんとなく、それっぽい気配はする』

『でも、これってすごい嫌な気配。ティルたちの仲間じゃ、ない』

「仲間じゃない？」

精霊にもいろんなグループがあるってこと？

『うん……玲奈、行くんなら急ごう』

『ティルたちも頑張るから』

「うん、ありがとう！」

ちいさくても健気で一生懸命な、私の精霊たち。

あちこちで交戦の気配がする中、私たちは地下室へと向かった。


建物裏手のじめじめした階段を下りると、精霊の気配がするのかミーナたちが先導して道案内してくれた。二匹が示す先は、地図に記されていたボスの部屋の方向と一致している。

「あっ……こら、そこで何をしている！」

廊下を曲がったところで、私は知らない騎士と鉢合わせしてしまった。向こうは最初剣を構えていたけど、私が荒くれじゃなくて子どもだと分かったからか、剣を下ろして眦《まなじり》を上げる。

「ヴェイン隊長に言われなかったのか！　すぐに避難するぞ！」

どうも地下に捕らわれていたその他大勢の子どもと一緒くたにされたようだ。ここで捕まってしまえば、ボス部屋の「一万ゴルドの品」の捜査ができなくなる。

あはは、と引きつった笑いを浮かべる私の前に、ミーナとティルが立ちふさがる。二匹の精霊が私を守るように立っているのを見て、騎士も目を丸くした。

「精霊が二匹……？」

「ごめんなさい、後で必ず上がります」

そう掠れた声で言い、私はさっと脇の廊下に入る。この先がボス部屋だ。

ボス部屋……なんともＲＰＧ臭い響きだ。場所が場所じゃなかったら、胸がときめくような単語。私、根っからのＲＰＧゲーマーだなぁ。

「あ、こら！　そっちは危険だ！」

騎士の怒声が背後から飛んでくる。危険なのは分かっているけど、このまま放置はできない！

でも悲しいかな、騎士の瞬発力と脚の長さは私のそれをずっと上回っていた。ボス部屋のドアが見えた！　と思ったとたん、私は背後から騎士に捕まってしまう。

『こいつ！　玲奈を離してよ！』

『毟《むし》られたいの!?』

ミーナとティルがぎゃあぎゃあ喚きながら、騎士の頭やら脚やらにビシバシ攻撃する。けれど、騎士は痛そうな顔はしつつも私を拘束する腕を緩《ゆる》めない。さすがに対人だからミーナたちも手加減しているのかも。

「ほら！　我《わ》が儘《まま》言っていないで行くぞ！」

「ちょっ、離して！」

騎士は私が少年だと思っているからだろうけど、胸と腰の間ぐらいを両手で掴《つか》んで持ち上げている。そこ、触るな！　今はいくらぺったんこでも、そこはアカン！

騎士に抱えられてじたばたもがく私、ニャーニャーチュンチュン叫ぶ精霊たち。呆れた様子で私をずるずる連行する騎士。

そんな中突然、ミーナとティルが攻撃を止める。二匹の心の動揺が、私にダイレクトに伝わってくる。

『まずい……』

『玲奈！　身を守って！』

「な、何……？」

いきなり血相を変えた二匹に私は問いかける。直後。

ガン！　と前方のボス部屋のドアが内側から吹っ飛んだ。蝶番《ちょうつがい》も何も吹っ飛ばして、外れたドアが廊下の壁にぶつかる。

騎士が、動きを止める。その腕からぽてんと、私が落下する。

そして、来た。

ずるり――ずるり――と、重いものを引っぱる音。ぞわぞわとするような、真冬でもないのに足元から凍り付いていくかのような、冷気。体中が、得体の知れない接近物に対して恐怖心を抱いている。

ボス部屋のドア枠も窮屈そうに出てきたのは、漆黒《しっこく》の物体だった。ぬるりと滑《すべ》り出すように部屋から出てきて、そのままゆっくりとこっちに向かって方向転換する。

形は……蛇だ。巨大で胴体の太い蛇。体は黒くぬめる鱗《うろこ》がびっしりで、その分黄色い目が際立って見えて、毒々しい。廊下の天井すれすれの位置から、私たちを見下ろしてくる。

こいつは、何……？

「何奴……!?」

背後で騎士が剣を抜く気配がするけど、相手はそれよりも早かった。

ひゅん、と私の頭上を黒い塊《かたまり》が飛んでいく。私には命中しなかったけど、突風に煽られて殴られたかのように尻餅をついてしまう。

「ぐ、あぁっ!?」

背後からの悲鳴に、私ははっとして振り返った。尻餅をついて腰が痛いけど、そんなこと言ってる場合じゃない。

私を地上に連れて行こうとした騎士が、真っ黒な物体にまとわりつかれていた。彼の胸に、首に、黒い霧のようなモノが巻きつき、見えない力で締め上げる。

ミーナたちを呼ぶ間もなかった。剣ではどうにもならない物体と格闘していた騎士の体からふっと、力が抜ける。そのまま彼は床に膝を突き、どうっと前のめりに倒れた。

……何？

今、何が起こった……？

騎士さん、死んでないよね……生きてるよね……⁉

『……他愛もない。所詮、生身の人間か』

ガラガラにひび割れた低い声が、耳にこだまする。振り返ると、コブラのような蛇型の黒い物体がゆらゆらと体を揺らしていた。

そして、かぱっと口を開く。いかにも蛇らしい円錐形《えんすいけい》の牙が覗《のぞ》く口腔《こうこう》の奥に、ちろちろと漆黒《しっこく》の炎が踊っている――

『玲奈に何をする！』

『女神様のご意志に逆らう精霊め！』

ミーナとティルの唸《うな》り声で、私は知った。こいつも、精霊なんだ。それも、とてつもなく強力な――

ボンッ！　と小さな爆発音が響き、私は痛む足腰に鞭《むち》打って体を起こした。

私を庇い仁王《におう》立《だ》ちになっていたミーナの前に、淡いオレンジ色の炎が現れる――その炎の塊《かたまり》が、真《ま》っ直《す》ぐ化け物に向かって飛んでいった。

黒い化け物の口から放たれた漆黒《しっこく》の塊《かたまり》は、空中でミーナが吐き出したオレンジ色の炎とぶつかり、ぱっと四散した。

小さな体をいっぱいに張って、尻尾を怒りで膨らませるミーナ。

ミーナが、攻撃したんだ。

私を守るために。

ぞくっと、背筋が凍る。

シャアァァァ！　と鋭く鳴いたミーナが体中の毛を震わせ、いくつもの光の玉を蛇精霊に向かって放った。

バスケットボール大の光の玉が蛇精霊を穿《うが》とうとするけれど、蛇精霊は鬱陶《うっとう》しそうに尻尾を振るい、光の玉を弾《はじ》いてしまった。軌道《きどう》から逸れた玉が、ボコンバコンと壁や天井に激突して埃《ほこり》が舞う。

『……この程度か、女神の下僕どもめ』

『女神様を愚弄《ぐろう》する気か！』

ティルが鋭い鳴き声を上げて、化け物に突進する。

ひゅん、と耳をつんざくようなつむじ風と青い軌跡と共にティルが滑空《かっくう》して――

『小賢しい！』

蛇が一声咆哮《ほうこう》する。黒板を爪で引っ掻いたかのような、あの嫌な音だ。

私が思わず両耳を手で押さえると同時に、蛇の目の前でティルの体がばしん、と空中で跳ね返る。

まるで見えない壁に弾《はじ》かれたみたいだ。

まずい！

精霊たちの心の焦りと激痛が、私のもとにも届いてくる。

ミーナもティルも動物じゃないから、負傷しても血は流さない。でも――

「ミーナ！　ティル！　もう戻りなさい！」

気づけば、私は叫んでいた。間違いなく、このままミーナたちを戦わせていたら負けてしまう。

精霊たちが、死んでしまう――

ミーナが、迷うように私を振り返り見る。床にぽてっと落ちたティルが、体をぶるぶる震わせて私を見上げる。

もう、いいよ。十分頑張ったよ！　私の我《わ》が儘《まま》に付き合ってくれたんだ！

「戻りなさいっ！」

私はもう一度叫んだ。直後、ミーナとティルの姿がかき消えて、すうっと私の体の中に戻っていったのが分かった。よかった。これであの子たちはこれ以上傷つかなくて済む。

精霊は強いけれど、それでもダメージを受ける。自分より強い精霊にやられたんなら、痛いに決まってる。

蛇精霊は私が精霊を引っ込めたのを見て、シュシュシュ、と不気味に笑った――ようだ。

『愚かな……自ら精霊を退かせるとは』

「うっさい！　蛇の分際で私を馬鹿扱いしないでくれる!?」

私はムキになって言い返す。こういう時は大人しくすべきなんだろうけど、頭に来て仕方がない。

あんなに可愛いミーナとティルをイジメやがって！

「だいたい何なの！　あんた女神様に背いた精霊らしいけど、そんな身でよくもしゃあしゃあと好き勝手言えるわね！」

蛇精霊はふと動きを止めて、金色の目でじっと、私を見下ろしてくる。こっち見るな爬虫類《はちゅうるい》め。

『……貴様、女子か』

「女で悪いか爬虫類《はちゅうるい》」

『女の精霊持ちは、よい栄養になる。男は固くて仕方がない』

……なんですと？　こいつ、私を食べる気か？

「わ、私なんて食べてもおいしくないぞっ！」

『食われたこともないくせに、よう言える』

「黙って食われる趣味なんかないんだよ、ばーかっ！」

言うが早いか、私は後ろ手に掴《つか》んでいたものをぶんっと放り投げた。投げたのは、廊下の隅に転がっていた木の椅子だ。チープな木の素材でできているから、十歳の子どもでも楽に投げることができます。

木の椅子は、やっぱりと言うべきか、蛇精霊の目の前でばしっと音を立てて跳ね返った。そして、空中でバラバラになって破片が足元に降り注いでくる。何だよそのバリア、チートだろ！

私がなけなしの抵抗をしたことがおもしろいのか、蛇は相変わらずシュシュシュと笑う。

『活《い》きのよい女子だ……食うのが惜しくなる』

「じゃあ見逃してよ」

『それはならん』

交渉決裂。チッ。もう一回椅子投げてやろうか。

『異世界の人間の魂は、この世の人間に勝る美味。取り逃がすわけなかろう』

他に投げられそうな武器がないか探していた私は、蛇精霊の言葉に動きを止める。

――今、こいつ、なんて言った？

直後、黒い影が私の視界を遮《さえぎ》る。そして、胸に重い衝撃。

「うっ、あぁあっ⁉」

蛇精霊が吐き出した黒い塊《かたまり》が、私の胸に命中する。あえなく廊下の壁際まで吹っ飛ぶ私。ちくしょう、騎士の時とは攻撃パターン違うだろ！　物理攻撃かよっ！

立ち上がろうと腕を突っ張った私だけど、あまりの胸部の痛さに悶絶《もんぜつ》し、前のめりに倒れる。そしてさらなる激痛が走り、目の前がぐわんぐわん揺れる。

『勇敢な女子よ、さらばだ。恨むなら、この世に呼び出された不幸と、己の弱小さを恨め』

ずるり、ずるりと蛇精霊が迫ってくる。金色の目が馬鹿にするように私を見下ろす。

私は――

私は、弱い。この変温動物の言う通りだ。

今の私は、小学生の体。体力も腕力もない。側にいるのは、小さな精霊たちだけ。

私は、弱い。それは認める。

……でも。

ぐっと、私は床に突っ伏したまま拳《こぶし》を握る。

私が不幸？

この世界に召喚されたのは、呪うべきこと？

「……違う」

『む？』

私は不幸な女の子？

そんなの、なんでこんな得体の知れない蛇に言われなきゃならない？

『ミーナ、ティル、あと少しだけ力を貸して……！』

私は拳《こぶし》を固め、がばっと起き上がった。目と鼻の先に、蛇精霊の顔がある。

「……おまえが、私の幸せを語るんじゃないっ――！」

私は左手で体を支え、右腕を真《ま》っ直《す》ぐ、蛇精霊の頭に向ける。

至近距離だから確実に狙いを定められる。頭は、どの生物でも弱点だ。それはきっと、この精霊だって同じ。

私の腕を滑走路《かっそうろ》に見立て、私の中で休んでいたミーナとティルが、光の矢となって飛び出す。

オレンジの光と青の光が混じり合った真っ白な光が、蛇精霊の頭部に激突し、貫通した。

ミーナやティルよりずっと大きな蛇精霊だけど、ここまで至近距離で頭部を砕かれたらさすがにこたえたようだ。ぐらりと漆黒《しっこく》の巨体が仰《の》け反《ぞ》り、あのガラガラにひび割れた絶叫が天井を震わせる。

ミーナとティルが光の軌跡となって私の中に戻ってきた。そうしているうちに、ボロボロと蛇精霊の頭部が崩れ、黒い煙のように消えていく。

……よし、かなりのダメージを与えている！　よくやった、ミーナ、ティル！

『お、おのれ……おのれ、女神の下僕めぇっ！』

上半身をどさっと床に横たえた蛇精霊だけど、まだ闘志が残っていた。

かろうじて残っている二つの金色の目に、ぎらりと殺意がみなぎる。

床に倒れ込んだ私は、息を呑んで金の眼差《まなざ》しに射抜かれるしかできない。

――そうだ、普通の蛇も同じだ。

頭と尻尾を切断されたとしても、蛇はしばらくの間、尻尾だけを動かすことができる。

長い尻尾がうねる鞭《むち》となって、私に襲いかかる。体に無理を言わせていた私は、床に這いつくばったまま呆然と、黒い軌跡を見守るしかできない。

――やられる。そう思った直後。

「……レン！」

背後から掛かる、裂帛《れっぱく》の気合。耳に心地いい、男性の声。

たん、と地を蹴る軽い音。鈍い金色の光が私と蛇精霊の前に踊り出て、銀色の刃を振るう。

私を殴り飛ばそうとした尻尾と銀の軌跡が混じり合い、ズバン！　と小気味いい音を立てて尻尾の半分以上が吹っ飛んだ。

切断された尻尾が跳ね上がり、地下室の壁にぶち当たる。間もなくしゅわしゅわと音を立てて消え去っていた己の一部を見て、蛇精霊も愕然《がくぜん》としたようだ。

『な、に……？』

「悪いが、この少年を食わせるわけにはいかない」

剣先を真《ま》っ直《す》ぐ蛇精霊に向けたまま、彼は冷静にそう言う。

先端を失った尻尾の切り口から、じわじわと闇の塊《かたまり》がにじみ出す。ミーナが放った光の玉よりずっと大きな、バランスボール大の黒い塊が迫るけど、彼は怯《ひる》まなかった。

腰を低く落とし、手にした騎士剣を左下から右上に、一直線に振り上げる。彼の見事な太刀筋で闇の塊《かたまり》はぱかっと真っ二つに割れ、軌道《きどう》が狂ったままそれぞれの破片が壁に激突する。

……すごい。私にも、奥に倒れている騎士にも当たらないように一発で切り捨ててしまった。

『この男……まさか、女神の剣を……』

「……俺と会ったことを後悔するといい」

彼は短く吐き捨て、床でのたうち回る蛇精霊に突進し、床を蹴って跳躍《ちょうやく》する。

私が見ている前で、あの巨大な蛇精霊の体が真っ二つに裂ける。精霊を斬ったというよりも、魚屋で買った鮮魚を切った、そんな軽やかな動作だった。そのまま彼は優雅に着地する。

蛇精霊はもう、何も言わなかった。斬り捨てられたその体が一瞬だけ痙攣《けいれん》して、それからしゅわしゅわと溶けるように消えてしまった。

私は呆然と座り込んで、光り輝く剣を携《たずさ》えた人物を見上げていた。彼は私の視線を感じたのか、しゃん、と剣を鞘《さや》に収め、私の方に歩み寄ってくる。

「……待たせたな、レン。まさか悪の精霊が湧いているとは思わず、心配させた」

テノールボイスが、耳に心地良い。ああ、やっぱりイケメンは何をやっても絵になるんだな、とぼんやりする意識の中で思う。

「……おい、レン？　どうした、レン！」

あー、ごめんなさい。もう色々と、限界ですわ。

慌てて駆け寄って、腕を差し伸べてくる。でも、私の体はそこまで保たなくて――

床に顔面激突した後、私は気を失ったのだった。

＊＊＊

男装書記官であるわたくし、レン・クロードが一番気を付けなければならないこと。それは、迂《う》闊《かつ》に人前で気絶しないことなのだと、思い知ったのだった。

「着替えを手伝おうと思ったんだけど、君の精霊たちが通してくれなくって」

自室で、私はお兄さん書記官に顔の治療をしてもらっていた。あちこち擦《す》り剥《む》いた箇所が消毒液でヒリヒリ痛むけど、我慢我慢。

「それでも、と思ってたらいきなり引っかかれて……あ、痛くはなかったよ。でも、よっぽど嫌だったんだね」

「……す、すみません」

どう考えても、ミーナとティルが私の性別がばれないよう、必死でガードしてくれたんです。あの子たちを責めないでください。

お兄さん書記官は私の顔のガーゼや湿布代わりの薬草を練り込んだ綿を取り替えた後、部屋を出ていった。私は彼が遠のいたのを確認して、うーんと背伸びして――肋骨《ろっこつ》の痛さに身もだえした。

『玲奈、玲奈、大丈夫？』

『痛いの？　ねえ、大丈夫？』

すかさずミーナとティルが飛んでくる。この二匹は、私を守りきれなかったことが相当こたえたらしく、前以上に私にべったりしてくる。うんうん、君たちは可愛いからいいんだよ、本当に。

『私は大丈夫。……ミーナもティルも、そっちこそ大丈夫なの？』

『大丈夫！　精霊は丈夫なの！』

『あの時は痛かったけど、玲奈の体に戻った後はすぐに治ったの。ティル、ちゃんと玲奈を守れなかった……』

うーん、本当に可愛い子たちだ。いいんだよ、本当に。君たちが無事で何よりだよ、本当に。

私は甘えモードに入った二匹を撫でつつ、昨日書記官長から受けた報告を思い返した。


私がうっかり捕まり、ヴェイン・アジェントが潜入調査していた荒くれたちはわりかし新興の人さらい組織で、主に西のヴァルグレイル帝国にベルフォード王国に住む精霊持ちの子どもを売り捌《さば》いていたらしい。あの国は精霊持ちができにくいらしいから、精霊持ちで、しかも再教育しやすい子どもは高く売れるそうだ。下衆《げす》め。

で、ヴェインの作戦通りに城の近衛騎士団と治安騎士団が動いてアジトを包囲、子どもたちを保護して主犯者たちを吊し上げたまではいいけれど、その場に精霊持ちがいなかったので、まさかあんな馬鹿でかい蛇精霊がいるとは気づかなかったらしい。

あの蛇精霊に倒されてしまった騎士はしばらくの間意識を失っていたようだけど、丸一日安静にしていると目を覚ました。目立った外傷はないが、うなされて夜もよく寝られない状態らしい。精神的に落ち着いたら騎士団に復帰すると聞いた。巻き込んでしまってすみません、騎士さん。

ちなみにヴェインたちが探していた荒くれのボスは、あの蛇が出てきた部屋で発見された。年代ものっぽい壺を抱えた状態で、こちらはもう息をしていなかったという。

彼はなんとか契約できたのはいいものの、蛇精霊に生命力を根こそぎ奪われてしまったんだと、城の精霊持ちの官僚が教えてくれた。ということは、あのボスは一万ゴルドで蛇精霊入りの壺を買ったのか。うーん、自業自得と言えばそれまでだな。

ヴェインは、監禁場所に私がいなくて地下で悶着《もんちゃく》が起きているということで駆けつけてくれた。

ちなみに蛇精霊を切り捨てたあの剣、なんと女神様の加護がかかった特殊な剣なんだって。

普通の剣だと決して、精霊を傷つけることはできない。あの蛇精霊みたいに明らかにミーナたちと毛色が違うやつらを倒すために、ヴェインのみならず、騎士団のエリートにはこういった特殊な剣が下賜《かし》されるそうだ。

あの剣は普通の剣としての切れ味はもちろん、女神様のご意向に背いた精霊を斬ることもできるという。チート武器パネェ。

私はすぐさま城に運ばれて、やりすぎ！　ってくらい手厚い看護を受けた。

すごかったのはジェレミーとクライドで、二人は私が目を覚ましたと聞くなり雷鳴のごとき勢いで私の部屋に飛び込んできて、スライディング土下座してきた。すげぇ、この世界にも土下座ってあるんだ、というのが私の第一印象。

「申し訳ない！　本当に……俺たちが付いていながら！」

「僕が君の面倒を見る手筈《てはず》だったのに……辛い思いをさせてしまった。本当に申し訳ない、レン！」

二人の話を聞くと、どうやら大通りで私とはぐれてもしばらく、私がいなくなったことに気づかなかったそうだ。で、急いで飛んできたミーナを見てようやっと私が行方不明になったこと、それからとんでもない事件に巻き込まれたことを知ったらしい。

ただ二人は精霊持ちじゃないからミーナの言葉が理解できないため、詳細を知ったのは城に戻ってからだという。

あれから丸一日、私たちが救助されるまで二人はじっと書記部の小部屋に待機させられていた。食事も睡眠も取ろうと思えば取れたけど、二人とも断固として受け付けなかったそうだ。自分たちのせいで私がいなくなったのに、暢気《のんき》に飲み食い休眠なんてできない、ってね。

二人は書記官長と副長にも叱責《しっせき》され、相当痛い処罰が下ったらしい。ただ私が無事に戻って来られたこと、それから二人の小部屋での態度を鑑《かんが》みて、少しだけ処罰は軽くなったそうな。

……と、ここまで説明する間も、二人はずっと土下座しっぱなしだった。

「……えーと、分かりました。よく分かったから、もう顔を上げてください」

さすがに居たたまれなくなって、私はアルマジロ状態になっている二人に声をかける。

あの状態で話すもんだから、声はくぐもるしなんだか不気味な光景だしで、私の体にもよくない。

「僕はこうして帰って来られたんだし、あくどい人さらいたちは捕まったんだしで、気にしていませんから」

「……でも、レン、俺たちは許されないことを……」

「そうだよ、レン。僕たちの不手際で君を……」

「だから大丈夫だって……あっ、いたたたたっ！」

立ち上がろうとして、私は腹部を押さえてうずくまる。とたんにがばっと顔を上げ、駆け寄ってくるジェレミーとクライド。

「だ、だだだ大丈夫かレン！」

「肋骨《ろっこつ》か？　肋骨が痛いんだな！　医者を呼ぼうか!?」

「うん……でも、大丈夫です」

本当はそれほど痛くなかったけど、あのまま二人を巨大ダンゴムシにさせておくのは気が済まなかったから、ちょっと大げさに痛がってみた。

二人は心配そうな顔をしつつも、笑顔の私を見て不安そうに顔を見合わせる。

「二人とも、心配してくれてありがとうございます。そう言ってくれることが、僕は一番嬉しいです」

「……大人みたいなこと言いやがって」

拗《す》ねたように言いつつも、ジェレミーはグスッと鼻を鳴らしてた。うん、実質大人の女性ですから。

「分かったよ……でもよ、レン。ぜーったい、無理すんなよ！」

「何かあったらいつでも僕たちを呼んでくれ。今度こそ必ず、君を守るからね」

はい、乙女心を擽《くすぐ》る台詞《せりふ》をアリガトウゴザイマース。お言葉に甘えさせてもらおうと思いマース！


その後、まだぺこぺこ謝ろうとする二人をなんとか送り出したり、涙が大洪水状態のお姉さん書記官たちに大量のお見舞いの品と共に来襲されたり、いつも以上に感極まった書記官長と冷静な副長にも気遣われたりと、本当に慌ただしい一日になった。

ちなみに手当てを受ける以上、どうしても医者には裸を見せなくてはならなかった。

私は城内でも信頼の厚いという年配の男性医師にしっかり事前説明をした上で、診察を受けた。

彼は最初こそ目を丸くしたけど、すぐに柔和な表情になった。

「気にすることはない。王城ではよくある話だよ」

「よくある話なんですか？」

体にツンとした臭いの軟膏《なんこう》を塗られつつ聞いてみると、医師はにっこりと笑った。

「そうだとも。だが、人それぞれ事情があるもの。お嬢ちゃんも、今までよく頑張ったね。決して誰にも口外しないから、安心しなさい」

そう言われて、ほっと肩の力を抜くことができた。まあ、そうは言っても異世界から来たことは内緒だけどね。言ったからってどうにかなるわけじゃないし。

とりあえず医師には「全治四日ね」と素敵なオジサマスマイルをプレゼントされて、私はがっくり肩を落とした。四日も書記部に行けないのは、なかなか辛い。何しろ、部屋にいてもやることがないんだよね、これが。ミーナとティルに暇つぶしの相手をしてもらうくらいしか。

まあ、四日の辛抱だな。四日経《た》ったら、また元通りの生活が送れるよね。

……そう思ったのが浅はかだと知ったのは、それから三日後のことだった。

＊＊＊

その日の午後は、見舞客は来ないことになっていた。

お姉さん書記官が気を使って、私の部屋のドアにコルクボードをぶら下げて、「レン・クロードお見舞い希望者リスト」ってのを設置してくれたんだ。いきなりの来訪だとこっちも心の準備ができないだろうからって、あらかじめ希望日時と名前を書いて、私が事前に確認できるようにしてくれたんだ。ステキですお姉様、結婚してください。あ、既婚者だった。

そういうわけで本日の面会予定は午前で終わっていた。さて昼から何をしようかと、私はのんびりとミーナやティルと戯《たわむ》れていた。そこへ。

「失礼するぞ、レン・クロード」

堂々たる叩扉《こうひ》の音に続いて、深みのあるバリトンボイスが響いてきて、私は体を起こした。私の体で滑《すべ》り台ごっこをしていたミーナが、ころんとシーツに落ちる。はて、この声は？

「えーっと……どちら様ですか？」

用心するに越したことはない。そう思って聞いたけど、シーツの上のミーナがぴゃっと鳴いて、窓辺でまどろんでいたティルも驚いたように体を震わせた。

『玲奈、玲奈！　すごいよ、すごい精霊の気配！』

『ティルたちとは比べ物にならないよ！　すごい方だよ！』

『……す、すごい方？』

このミーナとティルの興奮っぷり。決して嫌だとか、警戒しているわけじゃなさそう。すごい方って……王妃様のこと？

『王様、王様！　王様の精霊の気配！』

ミーナが高く鳴く。

ほう……王妃様の次は王様ですか。

……

「……え、えええええ!?」

跳ねるようにベッドから飛び起き、そして足を滑《すべ》らせて床に激突した私は、何度目か分からない肋骨《ろっこつ》の痛みに悶絶《もんぜつ》するのであった。

「まあ、気を楽にしてくれ」

「……」

いや、ここは私の部屋なんですけど、なぜ客人に言われなきゃならんのだ。そうか、王様だからか。

私はソファに座り、目の前でお茶の用意が為されていくのをじっと見守っていた。手際のいいティーサーブを見せつけてくれるのは、ぱりっとした美人のメイドさん。同じメイドでも、フェスティーユ家にいたメイドさんとは所作も雰囲気も全く異なっていた。これが王宮仕えの腕前か……！

私はそっと、目線を上げた。

そして、すぐに下げる。

「おいおい、そんなに私と目を合わせるのが嫌か？」

「い、嫌というわけでは……」

口の中でもごもごと舌がもつれる。くっ、流暢《りゅうちょう》に喋《しゃべ》れない今の自分が果てしなく憎い……！　アジトでは蛇精霊だろうと喧嘩を売ることができたというのに！

嫌なんじゃないんですよ、ただただ、あなたという存在が眩《まぶ》しすぎるだけなんですよ！　「君が美しすぎるから〜」っていうクッサイ台詞《せりふ》があるけど、まさにそんな感じ。

私の前でぼろっちいソファに優雅に座ってらっしゃるのは、背の高い美丈夫。

うねる嵐のような灰色の髪を短く切りそろえ、金色に近い黄土色の目を細めて私を射抜くように見つめている。精悍《せいかん》な顔立ちで、口元にはうっすらと笑みが浮かぶ。

着ているものも超一級品で、掃除の行き届いていないこんな小部屋のソファに座らせることが非常に申し訳ない。

ヴェインもなかなか格好いいとは思ったけれど、彼とは全く違う、逞《たくま》しさと強靭《きょうじん》さに溢《あふ》れたイケメンだ。あの筋骨隆々《きんこつりゅうりゅう》とした二の腕で守ってもらえるなら乙女冥利《おとめみょうり》に尽きるよ。

マリウス・ジル・ベルフォード国王陛下――ベルフォード王国を治める、二十四歳の若き王様。

いやあ、びっくりですよ。予約もなしにいきなり一国の国王陛下が十歳の書記官の部屋に来るもんですから。あ、もちろんお付きもたくさんいるし、今紅茶をサーブしてくれたメイドさんも、もちろん陛下お付きのメイドだ。

そして何よりも威圧感があるのが、陛下の後ろにじっと佇《たたず》む巨大な生物。私の後ろでミーナとテイルも縮こまっている。

先程、慌てて陛下をお通ししようと床に倒れ込んだ私だったが、痛む肋骨《ろっこつ》を押さえつつ、入ってきた面々を見るなりまず、「ドラゴンだーっ！　かっこいーっ！」って叫んでしまいました。

もう本当にね、おまえ馬鹿かって話ですよね。国王陛下がいる前で、陛下の精霊であるドラゴンの方に目がいってしまうとか。下手したら不敬罪でしょ。

でも陛下はカラカラと陽気に笑って、「そうだ、そうだよな！　私のジルクウォードは誰よりも格好いいよな！」と明るく応えてくださった。このドラゴン、ジルクウォードと言うんだな。いわゆる「ドラゴン」って感じで、すごい格好いい！　二足歩行したトカゲが翼を生やして巨大化した感じ。あの翼で空も飛べるんだよね！

今のジルクウォードは仔象ぐらいの大きさだけど、本気モードになると三階建ての建物並みのサイズになるそうだ。普段は場所に応じてサイズを変えていて、今は私の部屋が小さいのでコンパクトなスケールになっているんだって。精霊の伸縮性すげぇ。

私はメイドさんが淹《い》れてくれたお茶に手を付けることもできず、おずおずと陛下に尋ねる。

「その……陛下は本日、なぜ僕の部屋にお越しになったのですか？」

「ん、さっそく本題から入ったか」

陛下は紅茶のカップを持ち上げて、ニッと笑った。ああああああ！　すみません！　私ごときが出しゃばってすみませんっ！

「まあ、手間が省けるからいいか……なんと言えばいいのか、色々世間話をしようと思ってな」

「セケンバナシ」

「うむ。先日の人さらい組織の壊滅、ご苦労だった。君は偶然巻き込まれただけだと思っているだろうが、ヴェイン・アジェントの報告書の手助けもしてくれたそうだな。我々も一日も早い組織の壊滅を、と思っていたのでな。大変助かった」

うあああ……そうだ、ヴェインも言っていたよね。手紙で私についても触れておくって。

あの時はなんとも思わなかったけど、そりゃああんな機密文書、騎士団内部で止まるはずないよね。そりゃあ国王陛下の所まで行くよね！

ということは、私のあの拙《つたな》い字で数字を書いた見取り図もご覧になったのですか！　なんという恥さらし！

「レン・クロードの話は前々から聞いている。まだ十歳だというのに非常に優秀で礼儀正しく、よく周りを見ることのできる天才児だとな」

天才児……うん、まあ今は十歳の姿なんだから天才「児」になるよね。そうだよね……

「だが、ここまで貢献してもらえるとは思わなかった。今後も、我が国のために誠意を尽くして勉学に励み、そして書記官として国に貢献したまえ」

うおっ、初めて聞いたぞ「たまえ」命令！　でも不思議だ、相手が陛下だからか、命令されたのに全く嫌な気持がしない。

私は居住まいを正し、深く頭を垂れる。

「……はい。有り難きお言葉です」

「うむ……それからひとつ、こちらは忠告だ」

陛下は紅茶を飲んでから、「君も飲みなさい」と私にも促《うなが》す。私は慌てて冷めかけた紅茶を口に運んで、陛下の言葉に耳を傾《かたむ》ける。

「君が人さらい組織壊滅に貢献したことは、既《すで》に城内で知れ渡っている。医師の方から自室療養四日を言い渡されたとのことだが、これは君の身を守ることにも繋《つな》がっていたのだ」

「僕の身を……？」

「城内の人間は、レン・クロードという人間に注目している。書記部は君を以前通りに受け入れてくれるだろうが、他はそうとは言い切れない。むしろ、十歳という年齢でずば抜けた算術の力を持つ君を、利用しようという輩《やから》が必ず出てくるだろう」

陛下の言葉に、どくっと心臓が激しく鳴る。

私を利用しようとする人。

陛下は、これを伝えるためにわざわざ遠くまで足を運んでくださったんだ。

「ましてや君は、フェスティーユ子爵の後援があるとはいえ、無名の平民だ。明確な後ろ盾があるわけでもないし、フェスティーユ子爵も、たとえば自分より格が上の侯爵などに迫られたならば勝てる見込みもない。残念だが、現在のベルフォードはそういう場所なのでな」

ぐぬぬ……王宮って本当にどす黒い所なんだな。今までは明るい場面しか見ていなかったから、有名人になった今、王宮で生きることの大変さがじわじわと身に染みてくるよ。

えーっと、じゃあ、どうすればいいわけ？　あ、この紅茶美味しい。

「対策としては……一番手っ取り早いのは、有力貴族の養子になること、もしくは貴族を完全な後ろ盾として得ることだ」

養子、ですか。ＨＡＨＡＨＡ、この世界に来て二度目の養子契約をしろってことですか？

そんなこと言い出せば、フェスティーユ子爵家のお父様やお母様が仰天するだろうよ。かく言う私だって、一体何人父親母親を持てば気が済むんだって話だ。

感情が表情に出ていたのかもしれない。陛下は片眉を上げたのみで、二つ目の提案を言い渡した。

「もう一つは……貴族社会ではよくあることだが、さっさとどこかの貴族の令嬢と婚約してしまうことだな」

陛下は事も無げに、爆弾を投下した。

令嬢を……はい？

私が……はいぃ？

「えっと……陛下、それは……」

「む、どうした。婚約者を得れば、自分に言い寄ってくる輩《やから》を牽制《けんせい》できるのに加え、将来自分の養父となる有力貴族の後ろ盾を得ることができるぞ」

いや、そりゃあ分かりますよ。私も日本ではよく少女小説を読んでたから、政略結婚の効率のよさはよーく分かってますとも。

でもさぁ……嫁をもらうんですか？　この、私が？　女が、嫁を？

「……その、陛下……」

「もし君が女性だったならうちの弟の嫁にでもしてやったのだが、あいにくそうはいかんな。となれば早々にエデルとの間に子を儲《もう》け、私の娘と婚約するのがいいか？」

どっちも無理ッスよ、陛下……

陛下、もはや私の運命は「どっかの養子になって親の七光りうはうはルート」か、「いいとこのお嬢さん捕まえて将来安泰ルート」しか考えてないよな。私の選択の自由はないのですかー。そもそも、私実は女なんですよー。言えないけど。

そこで私はふと、思いついておずおず手を上げた。

「あの……発言してもよろしいですか」

「うむ、何だ」

「その……僕が書記官として、どこかの騎士団の専属書記官になるっていう選択肢はないでしょうか」

今陛下が私について、「注目されている」って教えてくれた。となると、騎士団も私を引き抜こうと今頃必死で依頼書を送り込んでいる時期なんじゃなかろうか。

書記官引き抜きは書記官長や副長交えての相談になると言ってたから、届いた書類は全部書記部に溜まっているはずだ。その中で一番頼りになりそうなところの厄介《やっかい》になって、守ってもらう……ってのはどうだろうか？

陛下も私の言いたいことが分かったのだろう、凛々《りり》しい目元をすっと寄せた。

「専属書記官に……だがあれはそれほど強力な組織ではなく——いや、待てよ……」

おっ、何やら好感触？　私は考え込んだ陛下を待つ間、大人しく紅茶の残りを飲み干した。非常に美味でした。ごちです、メイドさん。

「……なるほどな。その選択肢は端《はな》から考慮に入れてなかったから、見落としていた」

やがて陛下は唸《うな》るように言って、お茶のお代わりを希望した。

「騎士団にも色々ある。かく言う私も戴冠前は侍従騎士団に所属していたので、あの世界の歪《いびつ》さには辟易《へきえき》していたところだ。だが……悪い話ではない」

淹《い》れたての紅茶を啜《すす》り、陛下は私をじっと見据《みす》えてきた。

「ただ、所属する先は相当念を入れて探さなければならない。相手は色々な条件を出してくるだろうが、好条件だからといってよい職場とは限らない。契約の裏の裏をかいくぐって、いくらでも卑劣な手を使おうとする輩《やから》がいるのが現状だ」

見た目がホワイトでも、蓋《ふた》を開けてみればブラック企業であることがあるってわけね。分かります、分かりますよ陛下。ゼミの先輩が全く同じ失敗をして嘆いてたから、よーく分かります！

「その方針で行くならば、書記官長たちと念入りに相談しなければならない。だがもちろん、君が加わることになった騎士団には私の方からも念押ししておこう。君の存在は、我が国にとって非常に貴重であり、なおかつ危険でもあるのだ」

危険……ね。確かに、十歳の天才（笑）書記官なんて肩書き、国にとっては毒にも薬にもなりうる。

「ただ私は、君に書記官としての職務を全うしてほしい。そしてその力を善《よ》く使い、ベルフォード王国を助けてほしい。……だから、君の提案は効率がよいと言わざるを得ないな」

そう言いつつも、陛下は少しだけ残念そうだ。そんなに私を政略結婚の駒にしたいんですか、陛下。

その後、陛下から細々とした注意事項を受けつつも、私はしっかりと自覚していた。

もう二度と、平凡な生活を送ることはできないのだと——

グッバイ、スローライフ。グッバイ、ノーマルライフプラン。

第5章　書記官の帰郷

自宅療養から早五日。陛下の来訪の翌々日。

私、レン・クロードは晴れて書記部に復帰することができたのでした！　ぱんぱかぱーん！

ただし、もれなくジェレミーとクライドというオマケ……じゃなかった、護衛付きでの出退勤ですけど。

「書記官長からの指示ですか」

いつぞやの大通りでの買い物のように、両脇にジェレミーとクライドを従えて私は廊下を歩く。あの時と同じ状況だけど、両側の二人は「レンに触るなコラァ」とでも言いたげな視線で周りを威圧しながら歩いている。大丈夫かなぁ。

「いや、国王陛下直々《じきじき》のご命令だよ」

「ふーん……って、陛下⁉」

「そうだよ！　今度こそレンを守ってみせろって激励をいただいてなぁ！　しばらくの間は、俺たちがレンのボディーガードになるから！　よろしく！」

やってやるぞ！　と天高く吠えるジェレミーと、真《ま》っ直《す》ぐな目で辺りへの警戒を怠《おこた》らないクライド。

そうか、陛下からのご命令という印籠《いんろう》があるから、二人とも不良まがいの態度で周りにケンカ売れるのね。有り難いけど……ちょっと目立つな。

書記部に着くと、まあ、当たり前というか、みんなの「お疲れだったな、復帰おめでとう」「無理しないのよ、レン」という歓迎の声を受けながら、真《ま》っ直《す》ぐ書記官長室に通された。護衛の二人を自分の持ち場に行かせて、私は何度も訪問したことのある書記官長室に一人で向かった。

「あら、すっかり元気になったわねぇ、レンちゃん！」

書記官長は相変わらずというか、頬に手を当ててこてん、と可愛らしく頭を倒すポーズで私を出迎えてくれた。うん、書記官長らしいから許す。

「はい、書記官長にもみんなにも、迷惑を掛けました」

「いいのよ！　レンちゃんが元気になって何より……ねぇ、マリーちゃん？」

「そうですよ、レン」

隣でゆったりと微笑むイレイザ副長。その微笑みが本当に眩《まぶ》しくて素敵なのですが……スミマセン、どうしても今、副長の前でミシミシ悲鳴を上げる段ボールに、私の目は釘付けなのです。

「……ああ、やっぱりソレが気になるわよねぇ」

書記官長は私の視線の先を追い、書類をため込んだ段ボールを見た後、にっこりと笑う。

「じゃあ、今日のレンちゃんの仕事はコレね。マリーちゃん、説明ヨロ！」

「はい。こちらはもうお察しだと思いますが、レン・クロードに宛てて各騎士団から送られてきた引き抜き依頼書です」

書類整理キター！　しかもなんですか、そのスケール！　私がゆうに入れそうなくらい大きな段ボールが、書類でみっちみっちですよ！　あっ、隅っこが今にも破けそう……

「ざっと数えて、二十団体プラス個人百二十件。よくもまあ、これだけの文面を考えついたものです」

副長が唸《うな》る。そうか、騎士団の各部隊だけじゃなくって、個人的な引き抜きってのもあるのか。しかも約百四十件でこれだけの量ってことは、依頼書一つひとつが半端《はんぱ》ない厚さだってこと……だよね？

「まずはこれを片付けちゃいましょーよ！　こんな箱、あっても邪魔だしっ！」

可愛らしく腰に手を当てて、「ぷんぷん」のポーズを取る書記官長。テーブルの上を片付けて臨戦態勢の副長。

よ、よし！　私もやるとしますか！

……あ、段ボール箱弾《はじ》けた。

大破した段ボール箱から、一つひとつ依頼書を取り上げる。私が送り主名を読み上げて、それを副長が書き留める。その間、書記官長と一緒にその騎士団の情報を確認するという作業が続いた。

書記官が変な騎士団に引き抜かれないよう、書記部では各騎士団の業績や隊員構成などを記録した冊子が保管されていて、書記官長はその冊子をぺらぺらめくりながら副長と一緒に騎士団を吟味していた。

「えーっと……治安騎士団第三部隊隊長からです」

「治安三……近頃目立った活躍は聞きませんね」

「そうよねぇ、でも逆に言えばぶっ飛ぶ可能性もないってことよね」

「ただ、彼らにレンを守りきれるかどうかは甚《はなは》だ疑問ですが……」

「そうねぇ……よし、レンちゃん。そっちは『考え中』の箱に入れて」

「了解です」

まずは選別作業。たいては誠心誠意思いを込めて依頼書を書くものだけど、たまーにとんでもないものが混じってたりするから、そういうのをふるい落とす。

「次は……うわぁ、偉そうな字。侍従騎士団第六部隊……」

「やだっ！　そこの隊長ってエロオヤジで有名でしょ！」

「レンなら大丈夫でしょうが、少年愛玩《あいがん》趣味に走る可能性もありますね」

「きゃあああっ！　なんてこと！　ゴミよゴミっ！　レンちゃん、『焼却処分』に入れちゃって！あっ、触ったら穢《けが》れちゃうからそこの火掻き棒を使って！」

「は、はい」

私は書記官長の命令通り、火掻き棒でその封筒を持ち上げて「焼却処分」箱に放り込む。入れて正解だね。この封筒、なんだか中がぶよぶよしている。

「次……近衛騎士団第九部隊」

「あ、それってアレよね。この前のレンちゃんが巻き込まれちゃった事件でも出動したのよね」

「そうですね。彼らの役目は地下室の子どもの保護だったそうですが、地域の方からも非常に好評を頂いております」

「んー、あそこの隊長もなかなかいい男だったからねぇ。レンちゃん、『考え中』！」

「はい」

近衛騎士団——それを聞いて、私は一昨日、陛下と話したことを思い出す。


「騎士団を選ぶことになるというが……ひとつ、気に掛けてほしい騎士団がある」

「はい、どこでしょうか」

「近衛騎士団第四部隊だ」

陛下の言葉に、私はカップを持った手を止めてゆっくり顔を上げた。

近衛騎士団第四部隊。それは、ヴェイン・アジェントが隊長を務める騎士団だ。

「……それは、なぜでしょうか」

「わざと惚《とぼ》けているだろう？　……近衛騎士団第四部隊は、かの有名な『紅の若獅子』ヴェイン・アジェントが隊長を務めている。彼は先日の事件でも率先して密偵役を任されたほどの鬼才と、恐ろしいほどの剣術の力を持ち合わせている」

私はゆっくり、頷《うなず》いた。

自信満々に計画を語る顔と、恐ろしい蛇の精霊を前にしても一切の怯《おび》えを見せなかった勇猛な姿に、ずば抜けた剣術の才能。

「気に掛けるとは、つまりどうすればいいのでしょうか」

「……近衛騎士団第四部隊が君のもとに依頼書を出すのは……正直、あまり考えられない」

「そうなのですか？」

意外だ。あれほど接点があったのだから、むしろどんどん送り込んでくるんじゃないかと思っていたんだけど。

陛下は首を横に振って、カップをソーサーに戻す。もう、おかわりはしないみたいだ。

「人さらい事件で君と関わったからこそ、避けようとするだろう。君を大事に巻き込んでしまったのは、ヴェイン・アジェントのせいだと言ってもいい」

ただし、と私が何か言う前に陛下は言葉を続ける。

「私は逆に、君はヴェイン・アジェントの側にいる方がいいとも思っている。君が才能豊かなのは第四部隊だって知っていることだ。おまけに今、あそこにはこれといった専属書記官は付いていない。君の算術能力をあの場で発揮させたことに責任を感じているなら、最後まで面倒を見ろと主張することもできる」

うわーお、陛下は当たり前のように言ってるけど、これってつまり、「アタシは遊びだったの⁉ 子どもも生まれたんだから、責任取ってよね！」っていう昼ドラ的展開とさほど変わりがないのでは……？

そりゃあ、私の方から縋《すが》ったらヴェインも無下《むげ》にはできないよね……南無。

「と、とりあえず実際に依頼書が届いてから考えてみます」

私はそう言って、その場は逃れたんだけど。


チェック作業は、思いの外時間が掛かった。全ての書類に目を通して、「考え中」と「焼却処分」に分別し終える頃には、もう書記部はランチタイムに入っていた。席を立つ音や、今日は何を食べようかとか話している声が漏れ聞こえてくる。

「じゃ、全部目を通したしお昼休憩にしましょうよ」

書記官長がそう言って、持っていた冊子をパシン、と閉じた。

「実は今日、食堂の割引券を持っててね……マリーちゃんとレンちゃん、一緒にお昼でもどう？」

「ご一緒させてください」

私はそう言って、うーんと背伸びした。書記官長と、もう少し話したいこともあったんだ。

そして私と書記官長は、二人揃って副長の方を見る。副長はトントンと書類を束ねた後、顔を上げた。

「……そうですね。それでは私も行くことにしましょうか」

「……え？　あ、そうなの？　マリーちゃん？」

「ご自分から誘っておいて、なぜ驚いてるのですか、書記官長」

「いえ、いっつもマリーちゃんはお弁当持参のことが多いから……」

「私もたまには外食したい気分になりますよ」

副長はそう言って、ささっとコートを羽織って出ていった。

私と書記官長はもう一度顔を見合わせてから、急いで副長の後を追った。


食堂にて。

「……それにしても、意外な所が結構あったわよねぇ」

私たちはそれぞれのランチコースを選んで席に着いた。書記官長の割引券、どうもです。三割引は薄給の若造には大変ありがたいです。

当たり前だけど、割引券には「三十パーセントオフ」じゃなくって、それぞれのランチが何ゴルドに値下げになるのかがこまごまと書かれている。もうちょっと数学の文明が発展すれば、こういうのも表記が楽になると思うけどね。

私はおなじみ、書記官長と副長に挟まれる形で自由席に着いた。こうしている間にも、あちこちから好奇の眼差《まなざ》しで見られる。実は私の背後の席、年配の書記官たちがさりげなく席を取ってガードしてくれていたりする。感謝します、皆さん。

「そうですね。まあ、『焼却処分』箱行きの量としては妥当ですけど」

「いつもあれくらい、初見で処分するんですか」

私は驚いて、ハンバーグを切り分けつつ副長に聞く。さっきの時間でかなりの数をばっさばっさ切り捨てたはずだ。かろうじて「考え中」に留まったのが、三割程度。後は全部「焼却処分」送りだった。

「あんなものですよ。新人のレンに対する依頼書としては、どちらかというと及第点のものが多いくらいです」

「……いつもそんなに酷《ひど》いのですね」

「新人相手だと、舐《な》めてかかるところが多いのよ」

失礼よねぇ、と言いつつコラーゲンたっぷりスープを飲む書記官長。女子力ばっちりですね、リーダー。

「こっちからすれば、ベテランも新人も同じ大切な部下なのに……レンちゃん、ドレッシングを取って」

書記官長の示す先、私の手の届く先にはドレッシングが三種類。

……まあ、「こってり濃厚ソース」でも「オイルたっぷりドレッシング」でもなさそうだし、無難なところで「ヘルシーオニオンドレッシング」かしらね。

「ありがと、レンちゃん。よく分かってるわね。……ちなみにレンちゃんは、今のところどの辺がお好み？」

「え？」

「ちょっと、書記官長」

副長が尖った声を上げる。人目の多い食堂で話すな、と言いたいんだろう。けど、たしなめられた書記官長は目を丸くして、ひらひらと手を振って見せた。

「そう怖い顔をしないで、マリーちゃん。大丈夫よ。これでやつらへの牽制《けんせい》になるんだし」

「……しかし」

「……えっと」

なおも渋る副長と、書記官長の間に割り込むように私は身を乗り出す。そうして、大人二人にしか聞こえないように小声で思っていたことを打ち明けることにした。

「……例の、その……私がお世話になった騎士団から、依頼書が来なかったのが、ちょっと気になってまして」

「……ああ、あそこね」

それだけで伝わった。書記官長は「そういえばそうだったわね」と思案顔になり、対する副長は困ったように眉を寄せている。

「私は……さもありなん、という感じですね。そもそも、私個人としてはあの騎士団から依頼書が来れば、すぐさま破り捨てるつもりですし」

「あら、どうして？」

私の代わりに書記官長が突っ込んでくれた。ドレッシングをちょちょっと掛けて、書記官長は乙女らしく首を傾《かし》げて副長を見る。

「私はむしろ、このままレンちゃんをお願いしたいくらいだけど。あそこの隊長は確かに曲者《くせもの》だけれど、腕は確かだし。何よりあの件でレンちゃんとの息もぴったりだったそうじゃない」

どうやら、書記官長の考えは陛下と似ているようだ。あの出来事があったんだから、いっそのこと後の面倒も見てくれ、ってパターンね。

ふむふむ、と思いつつサラダを食していたんだけど、私の左隣の副長はまだ晴れない表情だ。書記官長の言葉にも、納得いかないんだろう。

よし、と私は自分の中で休んでいた精霊たちに呼びかける。

『ちょっとの間、周りから音を遮断《しゃだん》できたりする？』

『数十秒くらいなら』

ミーナは珍しく、ちょっとだけ声に自信がなさそうだ。

『空間は、玲奈たち三人だけでいいね？　それ以上だと余計に保たなくなるよ』

『オッケー、よろしく』

私の中でぶわっと、二匹が力を放出したのが分かった。精霊の魔法の気配を感じ取ったのか、書記官長と副長が顔を上げて、何もない空間を見やる。

「……これは？」

「ちょっとした防音装置です。あまり保たないそうなので、手早く報告だけします」

私は素早くそう前置きを入れて、一昨日陛下から聞いた話をかいつまんで説明した。

早口でつっかえつっかえだけど説明し終えると、同時にぱちん、と小さな音を立てて防音バリアが弾《はじ》けたのが分かった。

『……もう無理。今日は休ませてー』

『……ティル、寝る。起こさないで……』

『うん、ありがとう。ミーナ、ティル』

心の中で二匹にねぎらいの言葉を送ってから、私はせっせと食事を再開した。もう、ハンバーグはすっかり冷めてしまっていた。

書記官長と副長はしばらくぼんやりとしていたけど、ややあって、私と同じようにランチの手を再開した。

うん。話の続きは書記部で、ですな。

夕方遅くになって。

私は書記部のドアを閉めて、はあああ、とため息と共に壁に寄り掛かった。

結局、いい話にはならなかった。まずはヴェインの属する近衛騎士団第四部隊からの依頼書がないことについてどうするか。それから、もし第四部隊以外で採用するなら、さてどこに行くべきなのか。

一日掛けても、結論は出なかった。堂々巡りの議論になった疲れもあるけど、何よりも私の引き抜き先検討で丸一日書記官長と副長の時間を潰してしまったことが非常に申し訳ない。二人とも、「これが仕事だから」と真顔で言っていたけど、これ以外にも二人の仕事は大量にあるだろうに……

私は仕事用の麻製鞄を肩に提げて、ふーっと息をついた。昼間に精霊たちを酷使《こくし》してしまったから、しばらくは声をかけられない。何かあっても嫌だから、さっさと帰ってしまおう。

「お待たせ、レン！」

しばらくして、中からジェレミーが出てきた。ん、今回はクライドはいないのかな？

「クライドなら残業中。まだまだ時間が掛かりそうだから、先に上がってくれだってさ」

今日はあいつと飯の約束してたのになぁ、とジェレミーは心底つまらなさそうに天を仰いで嘆く。

本当に、ジェレミーとクライドは仲よくなったんだなぁ。いいなぁ。

ジェレミーらしいといえばジェレミーらしい、あっけらかんとした様子に思わず、私もくすっと笑ってしまう。

「それは残念ですね……また今度ですね」

「うーん……レンはどうだ？　城下町の食堂に行ってみないか？」

「行きたいのは山々ですけど、今日は精霊たちを疲れさせてしまったので、早めに帰ろうと思うんです」

「……そうだな、何かあった時に困るもんな」

ジェレミーは大げさにため息をついて、「手料理作ってくれる彼女欲しーー！」と雄叫びを上げた。

ジェレミーもそこそこイケメンなんだから、頑張れば彼女できるよ、きっと。少なくとも、私の大学のキャンパスにいた男子大学生よりずっとイケメンだから。

……まあ、陛下やヴェインには負けるけど。

「……今日はレンも大変だったな」

二人並んで廊下を歩いていると、ぽそっとジェレミーが言った。傍らの彼を見上げると、ジェレミーはいつになく真摯《しんし》な表情で私を見下ろしていた。

「あちこちから引き抜きが掛かったんだろ？　今日一日掛けて書記官長たちと話していたみたい

だし」

「……そうです。でも今日のところは、結論は出なくて」

近衛騎士団第四部隊のことや、他のことや。

一日でぱっと結論を出せるものじゃないんだろう。特に私の場合、事情が事情だから。

ジェレミーはしばらく私を見ていたけど、おもむろにすっと視線を逸らした。

「……いいな」

「……え？」

窓の外を吹く風の音にさえかき消されてしまいそうなくらい、弱々しいジェレミーの声。

あまりにも彼らしくない声に、私は思わず歩みを止めた。

「……あの、ジェレミーさん？」

「俺だって、おまえみたいに暗算できるようになりたいよ。採用数ヶ月であっちこっちから引き抜きの声を掛けてもらいたいし、もっともっと出世したい」

それなのに――

私は思わず、寒さから逃れるように自分の体を抱きしめた。

心臓が、痛い。

痛いくらい、脈打ってる。

私にはたくさん声が掛かるのに、ジェレミーにはまだ声が掛からなくて――

私は、何か言おうとした。たぶん、「いつか来るよ」とか、「大丈夫だよ」とかそういう、根拠のない励ましの言葉を言おうとした。

でも、言えなかった。

「レン？」

ジェレミーが私を見てくる。だんまりになってしまった私を純粋に気遣う、ジェレミーの真《ま》っ直《す》ぐな目。

どうしてだろう。今は、彼の澄んだ目を見るのが怖い。

彼の目に、私の中に芽生えた訳の分からない感情を見抜かれてしまいそうで。

「……先に、帰りますねっ……！」

私はジェレミーに背を向け、走り出していた。背後から、ジェレミーの焦ったような制止の声が飛んでくる。

分かってる、分かってる。

ジェレミーに悪意はない。彼は、そんな人じゃないと知っているから。

でも今は、彼と目を合わせるのが怖くて、仕方なかった。

＊＊＊

走ったらこけやすくなる。

それは、当たり前のことだ。

脇目もふらず一目散《いちもくさん》に駆け出していた私は、そりゃあもう、オリンピックの体操選手も真っ青になるくらいの見事な三連続前転をかました。それも、中庭のど真ん中で。

うぐぐ……子どもの体は柔らかいからさしてダメージにはならなかったけど、顔中泥だらけだ。

足元が柔らかい土で、膝や腕をほんの少し擦《す》り剥《む》くだけで済んだのも、幸運だったのかもしれない。

私は土の上に座り込んで両手を前に突き出す状態で停止し、そのままぱたん、と後方に倒れ込んだ。ああ、そろそろ星が出てきた。この世界の夜空も日本と同じく、月と星が出ている。でも、星が描く星座はどれも、地球では見たことのない図形ばかり。

私はゆっくり右腕を持ち上げ、つうっと星と星の間を線で結ぶように辿ってみた。こっちの世界は星が多いな。ほら、ミーナ座のできあがり。ティル座もどこかでできるだろうか。

私は今、中庭の地面に寝っ転がって腕だけを上方に突っ張っている形になっている。

「――そこ、誰かいるのか」

……まあ、傍目《はため》から見たら怪しすぎるよね。ちょうど中庭を突っ切る渡り廊下から丸見えだし。

私の発見者はすぐさま中庭に降りてきたようだ。私がぱたっと腕を下ろすと、目の前にランタンの明かりが照らされた。うおっ、眩《まぶ》しい。

「……おまえ、レンか？」

……あらぁ、この声はひょっとして。噂をすればハゲ……じゃなかった、影と言いますからね。

「……ご機嫌ようです、ヴェイン様。この前は大変お世話になりました」

「ご機嫌よう、じゃない。おまえ、こんな中庭のど真ん中で何してるんだ」

右手にランタン、左手で私の体を抱き起こした金髪イケメン騎士——ヴェイン・アジェントが怒り口調で言ってくる。それでもちゃんと私の体に付いた泥を落としてくれるんだから、やっぱりいい人なんだね。

「……走ってたら躓《つまず》きました」

「だったらなぜ、腕だけ突っ張ってた。切断死体かと思ったぞ」

ヴェイン、十歳の子どもに話すにしてはやっぱりグロすぎますよ。

「星を見てました。あー、ティル座も見つけましたよ。ほら、あそこ」

「……おまえ、熱でもあるのか」

ぺたっと額《ひたい》に冷たい手の平が当たる。当然だけど、熱はない。私は通常運転だ。

……ただ少し、心が落ち着かないだけで。

「……僕は大丈夫です、ヴェイン様。ちょっと風に当たってただけです」

「ちょっと風に当たるやつが中庭に泥だらけで寝転んでいるとか、おかしいだろう」

ヴェインは冷静に突っ込みを入れた後、上半身だけ起こした状態の私の背中をポンポンと叩いてくれた。

「……酷《ひど》い顔だな」

「生まれつきです」

「違う、顔の造形ではなくて表情だ」

ヴェインは一旦ランタンを傍らに置いて、私を両脇から抱えて持ち上げてきた。無理矢理立たされた私は仕方なく、泥の付いた格好のまま傍らのベンチに寄り掛かる。

「表情が暗い。何か、嫌なことでもあったのか」

「……なんでもありません。ちょっとだけ、悩みごとがあって」

「悩みごと？　書記部の同僚にも言えないことなのか」

「……その書記部での問題なのです」

あー、何だか誘導尋問されている気分だ。

最初は全力ではぐらかすつもりだったのに、なんで私こんなにぺらぺら話してるんだ。イケメンだからか、そうかイケメンなのが悪いのか。

ヴェインはやさぐれモードに入った私を、静かに見守ってくれた。辺りは暗いしヴェインが持ってきたランタンは足元にあるしで、彼の表情はうまく読み取れない。

「……書記部でうまくいっていないのか？」

そう尋ねてくるヴェインの声は、思いの外優しい。私はゆっくり、首を横に振った。

「そんなことはありません。書記部のみんなは、とても優しくしてくれます」

「……そうか」

「ただ、色々な意味で僕は、みんなと違うんだなぁ、って実感しちゃって」

生まれも違う。育った世界が違う。境遇が違う。

姿形はみんなと似ていても、結局私は、異世界の人間なんだ。

イサークに責められた時だってそう。私はいろんな所で「例外」で、自分が異質な存在だってことをまざまざと見せつけられて。

ヴェインが息を呑んだのが、気配で分かった。……まあ、ヴェインも薄々気づいていただろうね。私が他の人と比べて色々おかしいってことに。十歳という年齢から逸脱《いつだつ》していることに。

さあ。彼はこの後、何を言ってくるか？

私はなぜか賭けをしているかのようにおもしろ半分で、ヴェインの反応を待った。彼の言動次第では、ここで大暴れしてやろうか……そんな幼稚なことも考えたりしつつ。

でも、彼は――

「……冷えてきた。戻るぞ」

カンテラを手に持って、半ば強引に私の腕を引いた。そのままぐいぐいと渡り廊下の方に引っぱられて、あれ、あれれ？　となる私。

「……ヴェイン様？」

「言いたくないことならば、聞くつもりはない」

斜め下から見たヴェインの顔は、異論は許さない、とばかりの威圧感を纏《まと》っていた。その冷気を浴びて、やっと私の頭も冷えてきた。

ヴェインは、全部見通していたんだ。それでいて、何も言わなかった――

「……あの、ヴェイン様……」

「傷の手当て、自分でできるか」

静かに問われ、私はぐっと言葉を堪《こら》えてこっくり頷《うなず》いた。今は、何も言わないのが正解なんだろう。

私が大人しくなったのが分かったのか、ヴェインは私の腕を離して、そっと右手を握ってくれた。

さっき額《ひたい》に当てられた時には冷たいと思ったのに、ヴェインの大きな手の平は、すごく温かい。

「……おまえの手、かなり冷えている。さっさと部屋に戻って暖かくして寝ろ」

「……」

「返事はハイ、しか許さん」

「……はい、ヴェイン様」

ぶっきらぼうで、強くて、でも優しくて。

私は静かに、ヴェインの横顔を見上げた。

強くなろう。

みんなのために。私を守ろうとしてくれる人たちのために。

もっと、強くなりたい。そう思った。

＊＊＊

騎士団への引き抜き依頼書。そのどれにも色よい返事を送れないまま、しばらく日が経《た》った。

「レン、手紙が来ているよ」

朝の打ち合わせの後、事務係の書記官がそう言って、私にこぎれいな封筒を渡してきた。寝ぼけ眼《まなこ》で、それを受け取る。やけに薄っぺらいな。中身入ってるの、これ？

「君の後援者フェスティーユ子爵からだよ」

「んもっ⁉　ど、どうもですっ！」

眠気も何も吹っ飛んだ。やっべぇぇぇ、危ない危ない！　いつもの癖で、このまま「焼却処分」箱に入れそうになっていた。事務係さん声かけグッジョブ！

私は自分のデスクに向かって手紙を開封しようとして——やめておいた。どんな知らせにしろ、きっと後が気になって仕事が手に付かなくなってしまう。

「開封しないのか？」

斜め右側から声が掛かってくる。見上げると、片手に紅茶の入ったカップを持ったジェレミーが不思議そうに私の手元を見ていた。

私は曖昧《あいまい》に微笑んで、手紙をデスクの引き出しにしまった。

「はい。夕方になってから開封してみます。もし急ぎだったら緊急便で来るはずですから」

「……それもそうだけど、別にいいじゃん。手紙見るくらい。なんなら俺が壁になって、副長たちから見えないようにしてやるけど？」

ジェレミーの言葉に、ん？　となった後、彼の言いたいことが分かった。つまり、仕事時間に手紙を読むのが不謹慎《ふきんしん》だから止めたんだと思われてるんだ。

ジェレミーらしい、温かい気遣い。

私はくすっと笑って引き出しを閉じる。

「いえ、いいのですよ。どうせ読んだら読んだで、仕事に手が付かなくなってしまいますし」

「……でもよぉ」

「エロ本の件ばらしますよ」

「うわっ、それ卑怯！　てかクライドが言ってたやつ、あれ嘘だから！」

とたんに慌てるジェレミー。遠くの方から、「僕が何だ？」とクライドが耳ざとく聞きつけてきたものだから、慌てて弁解しにそっちの方に飛んでいった。

ジェレミーとはあの夕方から、少しだけ距離が空いていた。いや、そう言ったら語弊がある。私の方がジェレミーと距離を置こうとしているんだ。

……だめだだめだ。職場内の人間関係は良好でないと。

私はデスクに向き直り、山と積まれた書類を前にフンと気合の鼻息を出した。いっちょ、頑張りますか！


肩が痛い。

やっぱり予算一覧を書くのが一番こたえる。計算の回数が半端《はんぱ》ないんだよ。電卓が欲しいって、切実に思う。それか、子どもの頃に投げ出したそろばん、ちゃんと最後まで習っておくべきだった。

退勤時間が過ぎて、同僚たちはどんどん退社していく。私は椅子に深く腰掛けて、お姉さん書記官が淹《い》れてくれた紅茶を片手に、今朝受け取った封筒を夕日にかざしていた。

フェスティーユ子爵――お父様からだ。太陽光に透かしてみるとうっすら小花模様が浮かび上がる華奢《きゃしゃ》な封筒で、表面には流れるような字で「ベルフォード王国書記部内レン・クロード殿」と書かれている。これは、お母様の字だな。

私は紅茶のカップを置き、ペーパーナイフを取り出した。日本にいた頃はワイルドに、ざくっと上部をハサミで切り落としていた。おかげで中の書類まで切ってしまったことが何度も……

でも今回ばかりは、このお洒落《しゃれ》な封筒をざっくり切る勇気は出なかった。使い慣れていないペーパーナイフでなんとか封を切り、便箋《びんせん》を取り出す。おお、便箋も透かし模様がある。きれいだなぁ。

――私たちの愛娘、レーナへ

おっと、いかんいかん。これだけで涙腺が緩《ゆる》みそうになった。

私は辺りを見回して近くに同僚がいないのを確かめ、再び便箋に目を落とした。

――レーナ、元気にしているか。お父様は元気だ。お母様も毎日庭のガーデニングに勤《いそ》しんでいて、イサークも十四歳の誕生日を迎えて、日々勉強している。レックスとミディアは、そろそろケンカも少なくなってきて、家庭教師を付けて勉強を始めている。

レーナが我が家を出て行ってから、早二ヶ月が経《た》った。月日が経《た》つのは早いものだな。思えば、レーナを引き取ってからもう三ヶ月以上経《た》つ。レーナは書記官として頑張っているか。

私たちは君が登用試験に合格したと知ってからあえて、レン・クロードの名を調べないようにしている。だから、レーナが王宮でどのような働きぶりをしているのか、知ることはできない。だが、君は君らしく、君の持っている才能を書記部で存分に発揮していると信じている。

レーナ、君が家を出る時、私は厳しい言葉で君を送り出した。書記官になるまで、戻ってくるなと。だが君は立派に、自分の目標を見つけてそれに向かって歩いている。そのことが、私たちは一番嬉しい。

今度、領地で祭が行われる。フェスティーユ子爵令嬢レーナが自宅で休むようになって長く経《た》つので、そろそろ領地の者にも君の元気な顔を見せてあげたいと思っていた。少しでもいい、一度、子爵領に戻って来ないか。

君にも仕事があるから、無理強いはしない。それでも、久しく会っていない娘の顔を見たいと思っている。

また返事をもらいたい。どうか、無理だけはしないように。

アルベルト・フェスティーユ

――追伸

――君は私たちの娘だ。私たちはいつでも、君の帰りを待っている。そのことを、忘れないでくれ。

数日後。私は書記部のみんなに挨拶して、荷物を抱えて階段を下りていった。

これからしばらく、私は書記部を空ける。理由は言わずもがな。フェスティーユ子爵領に帰郷するためだ。

書記官長と副長には、「フェスティーユ子爵に呼ばれて」と言い訳しておいた。これは、二度目のお父様からの手紙に書かれていた文句そのままだ。何かあったら自分の方から伝えるからと、お父様の方から提案してくれたんだ。

帰郷すると言うと、書記部のみんなは「そうなの？　いってらっしゃーい」とあっけないほどあっさり送り出してくれた。変に色々言われたり突っ込まれたりするよりずっとありがたかったよ。フェスティーユ子爵領のお土産、買って帰るからね。

ジェレミーとはちょっぴり距離ができてしまったけれど、長期休暇を挟んでまで引きずりたくない。思い切って「お土産買ってきますからね」と言うと、ほっとしたように笑ってくれた。うん、やっぱり私の方から歩み寄らないとね。

＊＊＊

エルシュタインからフェスティーユ子爵領までは、馬車で片道五日ほど。距離はそこそこあるんだけど、王都から子爵領までの道のりはずっと平坦な馬車道だ。だから、直線距離は近いけど山越えが必要な領地より、ずっと早く到着できた。

私は馬車から降り、すーっと大きく息を吸った。ああ、そうだ。この匂いだ。

私が約一月間過ごした、ベルフォード王国辺境の子爵領、フェスティーユ。緑いっぱいで長閑《のどか》なこの空気までもが、私の帰郷を歓迎してくれているかのようだ。

大都会の王都エルシュタインで過ごす時間の方が長かったからか、遠くの方に見える領内の町も、今ではちんまりとした箱庭の中の田舎町って感じに目に映る。お母様とミディア、レックスと一緒に買い物に行っていた頃は、あの町でもすごく広く思えたんだけど。私も大きくなったってことか。

あれ？　そういえば意識したことなかったけど、私ってこっちの世界でも身長伸びてるんだろうか？

『伸びないよ。今の玲奈は成長が止まってるんだよ』

すかさずティルの冷静な突っ込みが入った。うう、そうだそうだ。書記部の書庫で見たミナミの手記にも、こっちの世界での時間が止まってるって書いてたっけ。

……ということは私、こっちの世界では全く成長しないの？　身長も伸びないの？　えー、それは困るよ……さすがに育ち盛りの十歳児が全然成長しなかったら不気味だって！　怪しまれるって！

『どうにかならないのかなぁ、ミーナ、ティル？』

『ミーナは分からないなぁ』

『女神様に聞いてみないとね』

くっ、やっぱり女神様の言う通りか……いつか絶対ご対面してやるんだからね、女神様っ！

まあ、今更じたばたしても仕方ないわけで。どうか身長のことで突っ込まれませんように、と願いつつ私は子爵邸のドアノッカーを鳴らした。

「……どちら様ですか？」

お、この声は執事だな。

「レーナ・フェスティーユです。ただいま帰りました」

「お嬢様⁉」

がちゃがちゃと騒がしくドアが開く。そこには、驚いた顔の執事がいた。いやぁ、しばらく見ないうちに痩せましたね？

「なんと、お嬢様……お帰りになるのは夕方だとてっきり」

「馬車の旅が順調で、思ったよりも早く着いたのです」

私はにっこり笑い、ぱっと腕を広げて自分の姿を執事に見せる。旅の間は木綿の私服を着ていたけど、今朝宿で起きた時にこの服に着替えておいたんだ。

「どうですか？　ベルフォード王国書記部書記官の制服です！　私用にサイズを詰めてもらってるんです」

「お、おお……！」

「これが書記官バッジで……あ、ああ！　ちょっと、どうしたの、泣かないでください！」

いきなり泣き出した執事にも難儀したけど、その後慌てて降りてきたお母様にも同じように泣かれ、お父様にも泣かれ、レックスとミディアも飛び付いて泣いてくるというカオスな状況になったのであーる。

久々に食べるお母様の手料理、うまーい！

「おいしいです、お母様！」

「そう？　ほら、もっと食べなさい。……レーナ、あなたあまり体が大きくなってないわね」

ぎくっ、やっぱり分かりますか。

「あ、はは……あっちでもちゃんと三食食べているんですけどね」

「ふむ、確かに十歳にしては小柄だな……髪も、また向こうで切ったのか？」

「え？　……あ、はい。仕事中邪魔になるので」

まさか、一ミリたりとも髪も伸びませんー、とは言えないよね、あはははは。

色々勘の鋭いお父様とお母様だけど、やっぱり家族で食べる食事は美味しい。　……一人だけ、この場にいないけど。

「……あの、イサークお兄様は……」

食事が半分以上終わった頃にそっと聞いてみると、シンクに向かっていたお母様も、デザートの袋を開けていたお父様も、動きを止めた。うお、なんだか嫌な雰囲気だ。

沈黙してしまった養父母に代わって、ミディアが無邪気にはい、と挙手した。

「イサークにいさま、お部屋にいるの。今日はご飯食べたくないって……」

「だめだよ、ミディ。おにいさま、言ったらダメって言ってたろ」

横からすかさずレックスが突っ込む。ミディアは「だって……」と口ごもっていたけれど、よしよし、なんとなく事情は分かったぞ。少なくともイサークがグレて家出したわけじゃなさそうだし、一安心だ。

……いや、ひょっとしたらグレて引きこもりになったのかもしれないけど。

「私、お兄様の様子を見てきます」

「レーナ」

食事を終えてから席を立つと、予想通りというか、真っ先にお父様がこっちに目を向けてきた。その目は、「やめておけ」と言っているような、「行ってきなさい」と言っているような……判断しがたい眼差《まなざ》しだった。

うん、イサークが引きこもっている理由はまず私だろうし、いい加減仲直りしないとね。

私はまず、荷物を持って上に上がり、自分の部屋に放り込んでからイサークの部屋に向かった。おお、この辺りだけご丁寧にランプの灯りを消してら。引きこもり宣言ですか、お兄様？

「イサークお兄様。レーナです、今日帰りました」

部屋のドアをノックして、声をかけてみる。……返事がなかったら、百ゴルド。よし、返事がない。百ゴルド勝った。

一人で虚《むな》しく賭けなんかしつつ、お兄様が出てくるのを待つ。でも、待てども待てども返事はない。ことりとも物音がしない。

まさか中で死んでたりしないよね？

『ミーナ、ティル。中に生きている人の気配はある？』

『あるよ。ふっつーに生きてる』

『ベッドでふて寝しているよ。でも、こっちに聞き耳立てているみたい』

ははーん、ストライキですか。いい度胸だコラァ。

「お兄様、レーナはお兄様とお話がしたいのです。ドアを開けてください」

返事はない。ただのイサークのようだ。某ＲＰＧゲームのフレーズみたいなことを考える。

『ベッドから体を起こしたよ。なんだか迷ってるみたい』

『舌打ちしてる。イライラしてるのかな』

「開けてくれないのなら、こっちから開けちゃいますよ」

今日を逃したら多分一生、仲直りできないだろう。私の方も、たくさん伝えたいことがあるのに。

ちなみにこの部屋のドアの鍵はスライドロック式。え？　開けるなんて無理だろうって？　精霊の力を借りればちょちょいのちょいですよ。でも、強行突破より合意で入った方がよいですよね？

中でごそっと動く気配がした。よし、もう一押し。

「早く開けてくださーい。そうしないと私、一晩この前でドアが開くのを待ちますよー……」

ガチャガチャ、と鍵が外される音。うーん、最初から素直になればいいのに。

ドアがうっすらと、目玉ひとつ分だけ開く。暗い部屋の中から、イサークの深いブルーの目がじっと、こっちの様子を窺《うかが》っていた。

「よかった、お兄様。昼過ぎに帰ってきましたよ、ご無沙汰です」

「……帰ってくるなって言っただろ」

開口一番それですかい。気持ちも分からなくはないけど、もうちょっと他に言うことがあるんじゃないかな。

というか、イサークの声ガラガラだ。ドアの隙間からちらっと見える唇もがさがさに荒れているし……体調、よくない？

「お兄様、お体が……」

「うるさい！　俺に構うな！」

イサークはひび割れた声で叫んで、ぐっとドアを引いて閉めてしまった。

閉めたつもりなんだろうけど。

「……」

「……おい」

「……」

「……この足を退けろ」

「……」

「おい、聞こえているのかレーナ！」

「ああ、やっと私の名前を呼んでくれましたね」

すかさず言ってやる。いい加減諦めてくださいよ、本当に。

イサークは私の発言に、ぽかんと口を開いた。鳩が豆鉄砲を食ったような顔ってのは、こういうのを言うんだろうな。

私はセールスマンよろしくドアの隙間に足を挟んだまま、にっこりと笑った。

「お兄様、レーナはお兄様とお話がしたいのです。どうか、中に入れてください」


灯りを付けたイサークの部屋は、まあ予想はしていたけど、なかなか汚かった。汚いといっても、いつぞや捕まった際に放り込まれた部屋みたいな汚さじゃなくて、物が散乱していて整理整頓ができてない具合のことね。足の踏み場がないよ、まったく。

イサークは、既《すで》にベッドにダイブしてぶーたれていた。こうして見てみると、イサークの方は身長も伸びたみたいだね。もう百六十センチ近くあるんじゃないか？

私はとりあえず、唯一まともに座れそうなソファに座った。うは、埃《ほこり》が舞ってるぞ。メイドの出入りすら禁じているのかな？

「お兄様」

返事はない。でもイライラしているのか、右の脚がゆらゆらと揺れている。彼の癖だ。

「お兄様。私、お兄様に感謝しているのです」

ぴくっと右脚が震えて、ゆらゆら振動が収まる。

「お兄様は、私が書記官になる背中を押してくれました。言葉はきつかったけれど……でも、お兄様が言ってくださったおかげで、私はこうして書記官として王城に上がることができたのです」

「っ……馬鹿じゃないのか……」

絞り出したような声が聞こえてくる。あ、結構あっという間に緩《ゆる》んだな。

「俺は……おまえが大嫌いなんだ。なんでもできて、頭がよくて……だからさっさと追い出したかったんだよ。馬鹿だろ、おまえ。俺は、おまえが、し、死んでも構わないって思ってたのに……」

「そうなんですか……まあ、確かに書記官になってから一度、本気で死にかけましたけどね」

「そうなのか!?」

ガバッと跳ね起きるお兄様。その顔は……あらあら、前面に焦りを出してからに。隠し事のできない人だね。

「お、おまえそんな危険な場所に行ってたのか？」

「ええ……危うく他国に売り飛ばされそうになりました」

「売り飛ばされるっ!?」

おっ、完全にやる気スイッチ入ったな。よきかなよきかな。

私は一人満足して、ははは、と笑ってみせる。

「あ、でも危機一髪で助かりましたよ。騎士団のエリートが助けてくれて、なんとか人身売買されずに済みました」

「……」

「その騎士ってのがすごくイケメンでしてね、城内でも人気ランキングに輝くほどのイケメンっぷりで――」

「……もういい」

そのまま、ばたんと後ろに倒れ込むお兄様。おやおや、またベッドに逆戻りか。

「何なんだよ、おまえ。死にかけたり身売りされたりしそうになりながら、なんでそんなにケタケタ笑ってられるんだ」

「んー……なんででしょうか。きっと、書記部の人に親切にしてもらえたからですね」

あと、精霊たちの助力ってのもあったんだけど、そこは伏せておく。私が精霊持ちでイサークが精霊持ちじゃないってこと、彼は結構気にしているみたいだから。

しばらく、沈黙が部屋に流れた。でもその沈黙は、決して嫌な雰囲気のものじゃなかった。

「……なあ」

「はい」

「書記部って……楽しいか？」

弱々しいけれど、さっきよりはずっと魂の籠《こ》もった声。

私は頷《うなず》く。ベッドに仰向けになったお兄様からは見えないだろうけど。

「はい、とても楽しいです」

「……俺も、書記官になれるだろうか」

おおっと、意外なことをカミングアウト！　だがしかし、ここで笑ったりからかったりしたら間違いなく、これから一生イサークと会話することはできなくなるな。

私はにっこり微笑み、頷《うなず》いた。相変わらずふて寝状態のお兄様には見えないだろうけど。

「はい、頑張れば必ず」

「……試験、難しいんだろ」

「ええ、難しかったです」

問題内容よりむしろ、いきなり言葉が理解できなくなった時の方が焦った、ってのはこれまた伏せておく。そういえばあの時は、謎の声が聞こえてきて言葉が理解できるようになったんだっけ。

あれ、結局何だったんだろう？

しばらくイサークはそのままベッドの上でゴロゴロしていたけど、やがてむっくり起きあがった。

「……おい、レーナ」

「なんですか、お兄様」

「今話したこと、父上たちには秘密だからな」

そうボソボソ言うイサークの頬は、ぽっと鮮やかな赤色に染まっていた。

うんうん、自分の進路のことだもんね。自分で考えたいし、親には秘密にしておきたいって気持ち、分かるよ。

私はやや気まずそうなイサークに微笑みかける。

「もちろんです。お兄様と私の秘密、ですからね」

「……分かっているならいい」

イサークはそう言って、少しだけ——本当にわずかに、微笑んだ。

「レーナ、その……」

「はい」

「……すまなかった。それから……ありがとう」

ああ、そうだ。

私は、兄のこの笑顔を見るために、戻ってきたんだ。

イサークの恥ずかしそうな微笑みを見ていて私はようやく、二ケ月間胸の奥のどこかでくすぶっていた炎を消すことができたのだった。


その後、私はしばらくイサークの部屋でお喋《しゃべ》りをしていた。気を許してくれたイサークは饒舌《じょうぜつ》で、私の王城生活のことも興味津々《きょうみしんしん》で聞いてくれたし、色々質問してきた。話をすればするほど、イサークの表情が生き生きとしてきて、目が輝きを増してくる。ああ、そういえば彼も美少年だったなぁ、と今さら思う。

「そうなのか……書記部ではそんな仕事も」

「ええ。……そうそう、忙しい時にはチラシ作りもするそうですよ。城の印刷機器はとても回転が遅いそうなので」

「最近発明された印刷機だな。俺も一度、見てみたいと――」

ぐ、ぐううううう…………

突如、私たちの会話に割って入ってきた低い唸《うな》り声。否、イサークの腹の虫。

私は口を閉ざし、イサークの腹部を見る。イサークははっとして赤面し、自分のお腹を両手で隠してしまう。

「お腹空きましたよね、お兄様」

「そ、そんなこ――」

きゅーるるるるぅぅ…………

「ご飯ちょーだい！」と正直に欲求を訴えるイサークのお腹。

思わずプッと噴き出してしまったものだから、イサークは真っ赤になって私のおでこを小突いてきた。

「笑うなっ」

「す、すみませ……ぐふっ、可愛いお腹の声……」

「忘れろっ！　し、仕方がないから何かを胃袋に入れる！　おまえもついてこい、レーナ！」

イサークは乱暴にベッドから立ち上がり、ぐふぐふ笑いっぱなしの私の手を引いた。

問答無用で引っぱられるけれど、その手の平は温かくて、優しい。私の肌を傷つけないように、そっと握ってくる。

私はぎゅっと、イサークの腕にしがみついた。

「はい、お兄様！」

「……ふんっ」

イサークは鼻息を鳴らして、わしゃわしゃと私の髪を掻き撫でる。その手つきすら優しくて、イサークの想いに胸が温かくなった。

下に降りたら、お父様たちにちゃんとお話をしよう。

それから、一緒に晩ご飯の残りを食べよう、お兄様！

機嫌を直したイサークと一緒に、夕飯の残りを食べる。いじけモード全開だったイサークがけろっとして食事に降りてくるものだから、お父様たちもビックリしていた。ミディアは無邪気に何か言ってこようとしていたけど、レックスに止められていた。

ひさしぶりに家族六人で食卓を囲み、お風呂に入ったり歯を磨いたりしたら、子どもは寝る時間。まだまだ遊びたそうなミディアを寝かしつけ、私は自分のベッドに潜《もぐ》り込んだ。

『ミーナ、ティル』

羽布団にくるまって心の中で呼びかけると、それまで私の中で休んでいた精霊たちが飛び出してきた。

ミーナはうにゃうにゃ鳴きながら私の首元で丸くなり、ティルも枕の横にちょこんと座る。

「……なんだか、色々あったね」

本当に、色々ありすぎた。

大学にレポートを提出しに行こうと思ったら、黒い穴に落っこちて。

見知らぬ森にいたと思ったら、ミーナやティルと出会った。突然のことでビックリだったけど、モフモフ最高。今ではよき理解者になってくれている。

アルベルトさん――お父様と出会ったことで、フェスティーユ子爵家に引き取られて。最初の頃のイサークは、恥ずかしがったり威嚇《いかく》してきたり、あれはあれで可愛かった。ツンデレの威力半端《はんぱ》ない。

すったもんだの末に書記官になって、たくさんの人と出会った。書記部は個性派揃いで、居心地もとってもいい。元の世界に帰るための手段の一つとして選んだ書記官職なのに、今では大切な職場になっている。書記官長、今日も美容エクササイズしているのかな。副長はそんな書記官長を見て、呆れたため息をついているのかな。ジェレミーはエロ本読まずに仕事頑張っているだろうか。彼には、フェスティーユ領のお土産に何を買って帰ろうか。

楽しいことばかりじゃない。ジェレミーやクライドたちと町ではぐれた時には、精霊持ちの子どもを狙った人身売買組織に拉致《らち》された。あのすえたような部屋の臭いだけはもう二度と嗅《か》ぎたくない。

その時に潜入捜査していた、近衛騎士団第四部隊隊長ヴェイン・アジェント。噂にはちょろっと聞いていたけれど、目を瞠《みは》るような美貌に剣の才能。彼がいなければ、私はあの荒くれの親分が一万ゴルドで購入した蛇精霊にやられていただろう。

……そう、あの憎たらしい爬虫類《はちゅうるい》。

ミーナやティルと同じ精霊という括《くく》りだけど、姿や雰囲気が全く違った。しかも、こっちをむかつかせるような挑発をしてくる。

『恨むなら、この世に呼び出された不幸と、己の弱小さを恨め』

ガラガラにひび割れた、蛇精霊の声が脳内に蘇《よみがえ》る。

私の心の揺らぎを感じ取ったんだろう、ミーナとティルが体を起こし、スリスリと私に体をこすりつけてきた。ミーナのざらついた舌が私の頬を舐《な》め、ティルのひんやりとしたくちばしが私の耳を撫でる。

……うん、大丈夫。

あんな安っぽい罵声《ばせい》で挫《くじ》けるほど、私はヤワじゃない。

だって、起きてしまったことを恨んだりしても何も生まれないから。

私はこの世界に落っこちてきた。それは、夢じゃなかった。体は成長しないけど、怪我をすれば血が出るし痛い。お腹も空くし、お手洗いにだって行く。人間として標準的な生活リズムを、この世界でも刻んでいる。

だったら、嘆いたって仕方ない。過ぎたことを恨み、形のないものに怒りをぶつけるくらいだったら、少しでも前に前に進めばいい。

私には、支えてくれる人がいる。

養父母に、きょうだいたち。精霊のミーナとティル。

陽気で個性的、仕事に対する熱意は本物な、書記部の同僚たち。

国王陛下や王妃様も、私のことを気遣ってくれた。見守ってくれている。

それに――ヴェイン。彼だって、私を守ってくれた。落ち込む私に余計なことは言わずに、手を差し伸べてくれた。

私は、頑張れる。

「……おやすみ、ミーナ、ティル」

私は可愛らしい精霊たちに挨拶をする。ふわふわの毛皮が気持ちいい。
包み込んでくれるような柔らかな熱に、私はいつの間にか眠りに落ちていた。
ここしばらくぶりの、溶けるような穏やかな眠りだった。

どうして私がこの世界に来たのか。どうして体が幼女化しているのか。
分からないことはたくさんある。
この先、どうなるのか分からないという不安もある。
でも、私は負けない。
地球に戻るため、明るい未来を歩むため。
図太く逞《たくま》しく、玲奈は明日からも頑張ります！

新＊感＊覚ファンタジー！

レジーナブックス Regina

騎士は乙女の添い寝の虜《とりこ》!?

不眠症騎士と抱き枕令嬢

一花《いつか》カナウ
イラスト：あららぎ蒼史

男性恐怖症でめったに外に出ないため、『引き籠もり令嬢』と呼ばれているレティーシャ。彼女はある日、騎士のセオフィラスと出逢う。二人で話しているうちに、彼が不眠症を患っていることと、レティーシャに触れると眠れることが判明。その流れで、彼女はセオフィラスの家に滞在することに。何度も抱きしめられるうちに、レティーシャには淡い恋心が芽生えるけれど――？

詳しくは公式サイトにてご確認ください。
http://www.regina-books.com/

携帯サイトはこちらから！

赤ちゃん竜のお世話係に任命されました ①②

BABY DRAGON SITTER
Presented by Con Kitora & Setsuri Kusano

原作 草野瀬津璃　漫画 木虎こん

ハートフルファンタジー 待望のコミカライズ!

ある日突然、異世界に召喚されたドッグトレーナーの菊池《きくち》結衣《ゆい》。そんな彼女を、超美形の王様・アレクは歓迎する――が、彼は「ドラゴンの子供を育ててほしい」と頼んできた！ どうやら結衣はドラゴンを育て上げる「導き手」というものに選ばれたのだとか。ともかく使命を果たせば元の世界に帰れるというので、結衣はその小さなドラゴンを育てることになったけど……!?

アルファポリス 漫画　検索

＊B6判　＊各定価：本体680円＋税

コミックス大好評発売中！

学校が退屈で、アルバイトに精を出している女子高生・なつめ。そんな彼女はある日、バイト先で暴漢に襲われそうになってしまう。ピンチの時に現れたのは、学校の人気教師・世名《よな》だったが、彼は暴漢に刺されてしまった。慌てて世名の手当てをしようとするが、彼の傷はなぜか消えていて……!?

＊B6判　＊定価：本体680円＋税　＊ISBN978-4-434-22547-5

アルファポリス 漫画　検索

ファンタジー小説「レジーナブックス」の人気作を漫画化！

Regina COMICS レジーナコミックス

私の“秘密”は知られてはいけない——

鋼将軍の銀色花嫁

漫画：朝丘サキ　原作：小桜けい

B6判　定価：680円＋税

ISBN978-4-434-22395-2

悪い魔女に猫にされたら騎士様と同居生活!?

騎士様の使い魔

漫画：蒔々　原作：村沢侑

B6判　定価：680円＋税

ISBN978-4-434-22668-7

瀬尾優梨（せおゆうり）
岡山県在住。2012 年から執筆を開始し、WEB にて発表。2017 年「異世界で幼女化したので養女になったり書記官になったりします」で出版デビュー。猫をこよなく愛する。

イラスト：黒野《くろの》ユウ

本書は「小説家になろう」（http://syosetu.com/）に掲載されていた作品を、改稿のうえ書籍化したものです。

異世界《いせかい》で幼女化《ようじょか》したので養女《ようじょ》になったり書記官《しょきかん》になったりします

瀬尾優梨（せおゆうり）

2017年 2月 3日初版発行

編集－仲村生葉・羽藤瞳
編集長－塙綾子
発行者－梶本雄介
発行所－株式会社アルファポリス
〒150-6005東京都渋谷区恵比寿4-20-3 恵比寿ｶﾞｰﾃﾞﾝﾌﾟﾚｲｽﾀﾜｰ5F
TEL 03-6277-1601（営業） 03-6277-1602（編集）
URL http://www.alphapolis.co.jp/
発売元－株式会社星雲社
〒112-0005東京都文京区水道1-3-30
TEL 03-3868-3275
装丁・本文イラスト－黒野ユウ
装丁デザイン－ansyyqdesign
印刷－中央精版印刷株式会社

価格はカバーに表示されてあります。
落丁乱丁の場合はアルファポリスまでご連絡ください。
送料は小社負担でお取り替えします。

ISBN978-4-434-22930-5 C0093